KB251292

대치동 아이들

대치동 아이들

소 마 장편소설

시프

차례

우리는 모두 시궁창에 있지만

그중 누군가는 별을 바라보고 있다.

— 오스카 와일드

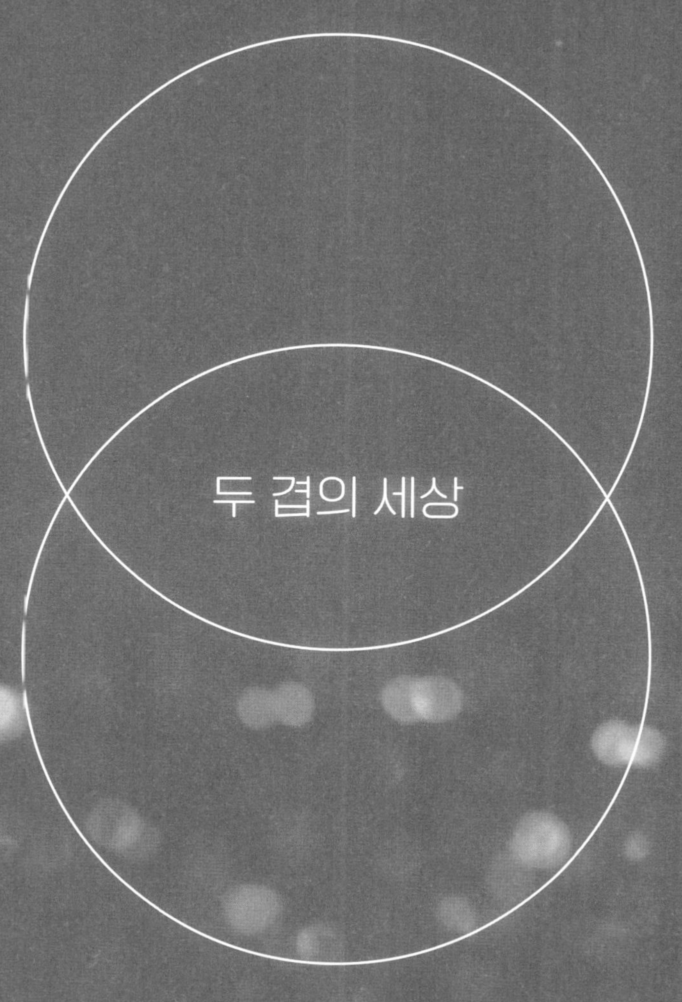
두 겹의 세상

자동차 경적과 교통경찰 호루라기가 울려 댄다. 무채
색의 건물 1층 엘리베이터로 건물과 같은 톤의 후드
집업을 입고 알록달록한 영 단어장을 손에 든 학생들
이 쏟아져 나온다. 뒤축을 꺾어 신은 운동화를 질질
끄는 발걸음 소리와 함께 터져 나오는 왁자지껄함, 그
리고 그 한가운데엔 서늘한 공기가 익숙하게 스며 있
다. 인도 옆 차도에는 학생을 픽업하려는 자동차들이
후미등을 켜고 서로를 노려본다. 겹겹이 늘어선 차들

을 보는 은아의 머릿속엔 미술 시간에 본 수묵화의 산 등성이 그려진다. 대치역 1번 출구 앞 버스 정류장에서 은아는 채연과 11-3번 버스를 기다리며 광고판을 향해 손가락질을 하고 킬킬댔다.

“저기 저만하게 얼굴이 붙어 있으면 좀 부끄럽지 않을까? 심지어 자세도 다 똑같아.”

“나도 좋은 대학 가면 저기 저렇게 얼굴 붙여 주나?”

광고판에는 온갖 웃는 얼굴들이 있으니까. 검지를 치켜세우거나 팔짱을 끼고 비열하게 입꼬리를 올리고 있는 강사들. 학생 건강과 집중력을 챙기려면 이걸 꼭 먹어야 한다며 번쩍이는 굵은 글씨체로 앞세운 각종 영양제 광고들. 작년 수능 만점자가 다닌 학원이라며 홍보하는 글. 하늘을 보려고 하면 그 마음을 비웃듯 높은 건물 벽면에 널따랗게 붙은 포스터가 또 눈에 띄었다. ‘수능 1등급을 위한 마지막 선택, 파이널 모의고사’라며 옆엔 또 익숙한 강사의 얼굴이 아주 크게 붙어 있었다.

수능 냄새가 난다. 우리끼리는 다 아는 말이다. 낙엽이 뭉텅이로 떨어져 바닥에 굴러다니는 시즌, 은아는 그렇게 쓰레기처럼 취급되는 낙엽을 보며 꼭 자기 인생 같다고 생각했다. 며칠 전까지 '환경 미화'라고 적힌 연두색 조끼를 입은 할아버지가 싸리 빗자루를 들고 도로를 쓸고 쓸고 또 쓸었다. 은아가 학원에 들어갈 때 쓸고 있었고 은아가 학원에서 나올 때도 쓸고 있었다. 은아는 바닥에 떨어져 눌어붙은 자신을 상상하며 나는 누가 쓸어 주나, 하고 생각했다. 이어폰 줄을 손으로 빙빙 감았다.

"어, 떨어진다."

수험생들 사이에선 이런 말을 입에 올리는 것조차 금기시되었다. 연필 한 자루도 책상 아래로 떨어뜨리면 안 된다고. 채연은 이 말을 툭 내뱉고는 놀란 듯이 허공에서 말을 퍼 담아 다시 입에 넣는 척했다. 은아는 떨어진 낙엽과 채연을 번갈아 바라보며 실없이 웃었다. 우리는 철저한 낙인(落人)이었다. 떨어진 인간, 아니 정확히 말하자면 떨어질 인간. 사실, 낙엽은 붙어 있기라도 했는데 우린 붙어 있었던 적도 없는 인간이었다.

"밥은 먹었지?"

현관을 들어서자마자 마르지도 축축하지도 않은 목소리로 혜란이 은아에게 물었다. 흰색 디지털시계는 오후 10시 37분을 나타내고 있었다. 은아는 이어폰 줄을 정리하며 얼른 고개를 끄덕였다.

"어딜 갔다 왔길래 이렇게 늦게 와."

혜란은 은아의 가방을 받아 들고는 조금 짜증 섞인 목소리로 말했다. 10시라 늦은 게 아니다. 37분이라 늦은 거다.

"학원 끝나면 바로 집으로 오랬잖아. 너 걱정하느라 내가 늙는다, 진짜. 오늘 실모● 풀이한 거 성적표 가져와 봐. 채점했던 거랑 점수 다른 과목이 있어? 또 정신 못 차린다, 또 또, OMR 카드 실수한 거니? 정신을 못 차려 애가! 지금 때가 어느 땐데."

사실 대충 흘려들으면 되는 말들이다. 항상 하는 말이니까. 터져 나오는 말들 사이에서 감정 섞인 한숨이 비집고 나왔다. 어휴, 에후, 쯧쯧 따위의. 쟨 누굴 닮아서 저러나 같은. 말이 끝나기 무섭게 혜란은 과일을 담은 그릇을 가져왔다. 무화과였다. 혜란은 능숙하게 무화과 꼭지를 따고 반을 갈라 포크로 찍어 은아에게 건넸다. 은아는 무화과 반쪽을 아무 대꾸 없이 받아 들고는 한입에 넣었다.

누군가 은아에게 학창 시절의 가장 중요한 배움이 무어냐고 묻는다면 은아는 한 치의 고민도 없이 실

● '실전 모의고사'의 줄임말.

패라고 답할 것이다. 내가 아무것도 아닌 존재라는 사실을 깨닫는 것. 끊임없는 비교와 무시 속에서 사실 내가, 내가 생각하는 만큼 대단한 존재가 아니라는 사실을 배우는 것. 이걸 달리 설명할 수 없어서 은아는 그냥 '실패'라고 답하리라 다짐했다. 그렇게 따지면 은아는 학창 시절에 배워야 할 걸 배울 만큼 배운 학생이었다. 실패라고는 이제 진절머리 날 지경이었으니. 마지막 성취의 경험이 언제였는지 기억조차 나지 않았으니.

누군들 그렇지 않겠는가. 첫 실패의 경험은 애매했다. 아니 사실 기억나지 않는다. 기억조차 나지 않기 때문에 애매한 것일 수도 있다. 은아는 혀끝으로 '실패'라는 단어를 굴려 보았다. 어디서부터 어디까지가 실패인지, 그럼 여기서부터 저기까지는 실패가 아닌지. 그렇다면 그 경계에 있는 것들은 실패라고 불러야 하는지, 실패가 아니라고 불러야 하는지. 내가 실패라고 생각하는 것들을 실패라고 불러도 되는지, 남들은 과연 내가 인정한 실패만을 실패라고 부를지. 꼬리에 꼬리를 무는 생각들은 꼭 화학 수업의 앙금반응 같아서 뿌옇게 가라앉곤 했다.

실패가 익숙함의 영역에 들어온 지는 꽤 되었다. 초등학교 1학년이 끝나 갈 무렵부터였을까 아니면 그보다 더 이전이었을까. 은아와 혜란, 그리고 현우가 마트에 함께 장을 보러 가던 시절이었으니 어쩌면 그보다 더 이전이겠다. 혜란은 은아에게 과자를 고르라고 했고 은아는 큰 원통형 통에 담긴 이천오백 원짜리 감자칩 하나를 집어 카트에 넣었다. 계산기 앞에서 바코드를 찍을 때 그 감자칩은 없었다. 대신 작은 봉지에 담긴 천 원짜리 감자칩이 있었다. 은아는 현우가 자신이 고른 감자칩을 카트에서 조용히 빼고는 그 천 원짜리 감자칩을 넣는 것을 보았다. 그걸 보고 아무 말도 하지 않았다. 그게 은아의 애매한 기억 속 첫 실패다.

혜란은 폭력적이긴 해도 제법 좋은 어머니였다. 그러니까, 애매한 어머니였다. 좋다고 하기엔 별로였고 또 막상 별로라고 하기엔 좋았다. 그녀는 언제나 은아를 생각했다. 그건 폭력적이면서도 별로이면서 동시에 좋은 어머니라는 뜻이었다. 혜란은 은아가 초등학교 1학년, 이 동네로 이사를 올 때 유치원 교사 일을 관두었다. 학교에서 적어 내라는 부모님의 직업란에는 앙칼진 글씨체로 '전업주부'라고 적어 은아의 손에 쥐여 주었다. 만나는 친구가 거의 없고 친척들이 모이는 자리에서 은아를 '친구 같은 딸'이라고 소개했다. 종종 은아에게 남편의 어리석음을 한탄했고 몇 번은 눈물을 감추기 위해 몸을 돌리는 성의조차 보이지 않았다.

은아의 스터디 플래너 앞 장에는 온갖 학원들의 결제 영수증이 붙어 있었다. 은아는 자주 그 결제 영수증을 흘깃 보고, 대학수학능력시험 디데이를 확인하고, 눈이 매워지는 민트 사탕을 먹고 졸음을 모른 체하려 애썼다. 물론 모른 체한다고 모를 수 있는 것은 아니었지만. 그간 현우와 혜란이, 지금 혜란과 은영이 자신에게 쏟고 있는 돈을 생각하면 아주 조금 정신이 깨는 듯했다. 학원 결제 영수증을 스터디 플래너 앞 장에 붙여 둔 것도 그 때문이었다. 아홉 살 터울의 친언니 은영은 나이트 타임 호텔리어로 일하는 탓에 은아가 집에 돌아오는 시간 즈음 출근을 하러 나갔다. 은영이 말하지는 않았지만 은아는 그녀가 호텔리어 일을 시작하고선 원래 앓던 불면증이 더욱 심해져 시달리고 있음을 알았다. 귀마개, 안대, 수면유도제, 아로마 향 스프레이를 비롯한 수면에 도움이 될 만한 것들이 은영의 방에 자꾸만 늘어 갔다.

무화과 과육이 입에서 툭 하고 터진다. 맹맹한 단맛을 느낄새도 없이 은아는 대충 씹어 목구멍 뒤로 넘겼다.

10월 28일

난 죽고 싶은 게 아니라 항상 살고 싶었다.

진짜? 정말? 사실 아직 잘 모르겠다. 살 거면 아주 잘 살고 싶고, 그러지 못할 바엔 죽어 버리는 게 낫다는 생각이 너무 뿌리 깊게 박혀 있어서 그런가.

난 죽을 수 있다는 말이 구원처럼 들린다. 자꾸만 내 죽음을 상상하고, 실현하지 못하는 현실이 아쉽기만 하다.

날 응원하는 사람은 너무나 많은데 그중 내 마음을 내비칠 사람은 없고 난 나아질 기미도 없다.

얼른 정신 차리고 다시 할 일을 해 나가야 하는데 무기력이 자꾸 날 늪으로 끌어당긴다.

사실 이번 시험을 치르면서 나 자신에 대해, 또 나 자신의 상태에 대해 미친 듯이 원망했다. 나는 왜 하필 지금 이 모양일까. 왜 난 그래서 제대로 해내는 게 없지. 시간은 야속하게 흘러만 가는데. 그래서 이번 시험도 망친 과목이 수두룩하다. 시간이 멈췄으면 좋겠다. 아님 내가 멈추든.

힘들지 않고 싶은데 힘듦이, 우울함이 너무나도 끈질기게 날 따라붙는다. 힘들다. 힘들고 속상해.

"미친년."

　혜란은 은아를 자주 이렇게 부르곤 했다. 은아는 그 소리를 들을 때마다 자기보단 혜란이 더 미쳐 있다고 생각했다. 처음부터 그렇게 생각한 건 아니었다. 혜란이 그렇게 욕설을 내뱉고 소리를 지르고 가끔 손찌검을 할 때 은아는 그런 대우가 정당하다고 생각했다. 은아가 겪은 어머니는 혜란뿐이니까. 은아는 친구네 집에 놀러 간 적이 손에 꼽을 정도로 적다. 친구의 어머니가 친구를 어떻게 대하는지를 상상할 여유는 없었다. 그저 자신의 어머니가 모든 어머니의 표본이라고 받아들일 뿐이었다. 그러니까 은아에게 어머니는 그런 존재여야만 했다.

　그런 어머니를 대하는 방법은 간단했다. 그저 아무 말도 하지 않는 것. 물론 처음부터 그렇게 행동한 것은 아니었다. 자신의 입장을 나름대로 말하려 하거나 혜란에게 자신이 처한 상황을 이해시키려고 노력하던 때도 있었다. 하지만 그 모든 노력은 수포로 돌아갔다. 혜란이 은아의 모든 말을 말대꾸와 반항으로 납작하게 눌러버렸기 때문이다. 은아가 무엇이든 말하려고 하면 혜란은 말대답하지 말라고 했다. 그럼에도 더 이야기하려 하면 은아는 맞았다. 손을 맞고 등을 맞고 머리를 맞고 온몸을 맞았다. 그렇게 은아는 깨달았다. 이 상황을 잠재우는 가장 빠르고 손쉬운 방법은 그저 가만히 있는 것. 아무 말도 하지 않는 것. 그렇게 울기만 하는 것.

아주 옛날의 그날도 그랬다. 은아의 기억 속에 아주 희미하게 남은 어느 날, 혜란은 은아를 안방으로 끌고 들어가 문을 잠갔다. 기억 속에 없는 이유들 사이에서 은아는 울고 있었고 혜란은 소리를 질렀다. 그 소리를 듣고 잠에서 깬 은영이 안방 앞으로 달려와 잠긴 문을 마구 두드렸다. 그 순간 은아는 은영을 잠에서 깨운 것이 미안하기만 했다. 혜란은 여전히 알아들을 수 없을 만큼 빠르고 화가 실린 목소리로 무어라 소리치고 있었지만 은아의 시선은 덜컹거리는 안방 문고리로 자꾸 향했다.

어른이 머리를 후려쳤다.
아이는 머리를 맞았다.

은아의 시선이 문고리에서 혜란에게로 돌아온 건 그 순간이었다. 은아가 쓰고 있던 체리색 안경이 콧잔등 위에서 흔들렸고 그 때문인지 혜란의 얼굴이 두 개로 보였다. 은아는 아무 말도 하지 않았다.

두 겹의 사람이 싸우고 있다, 엎치락뒤치락하며. 한 명이 팔을 빙 휘두르면 다른 한 명이 그 휘둘리는 팔을 막기 위해 다른 팔을 휘둘렀다.

무언가 깨지는 소리, 그 옆으로 멈추지 않고 움직이는 입술들이 있다.

"어머니가 너무 불쌍해."

"너는 니 엄마가 불쌍하냐? 나는 내 새끼가 더 불쌍해. 내 새끼가 제일 불쌍해."

두 사람이 부엌에서 싸우는 기운이 베란다를 통해 은아의 방까지 고스란히 옮겨왔다. 이불을 뒤집어썼다. 눈물이 조금 나올 것 같았지만 울지 않으려 애썼다. 드라마에서 본 부부 싸움 장면에는 아이가 울며 등장하고, 그러면 엄마와 아빠가 아이를 달래며 화해하고… 그랬는데,라는 생각을 하며. 방문을 열어젖혀 부엌으로 달려나가고 싶었지만 그럴 용기도 기회도 힘도 의지도 없었다. 무력한 아이, 더 정확히 무력해진 아이는 이불 속에서 나왔다. 따뜻한 허물을 벗고는 차가운 책상에 앉았다. 문제집을 펼쳐 수학 문제를 풀었다. 문제집 모서리가 울고 있었다.

귀를 막는 대신 눈을 뜨고 연필을 쥔 채로 페이지를 넘기는 것. 그게 여덟 살 은아의 최선이었다. 내가 공부를 열심히 하면 엄마가 기뻐할 거야. 그럼 아빠와 싸우지 않을 거야. 그럼 우리 가족은 부서지지 않을 거야. 내가 우리 가족을 부서지지 않게 할 수 있어. 은아는 자신에게 가족의 존속이 달려 있다고 뇌리에 주입했다. 그게 여덟 살 은아의 최선이었다.

거실로 나가 조용히 감자칩 하나를 집어 왔다. 먹고 싶었던 건 아니었지만 분명 맛있는 과자였다. 맛있어야만 하는 과자였다.

초등학교에 입학하자마자 치른 수학 올림피아드에서 여학생 부문 1등을 차지하며 은아는 학교 신문에 이름을 올렸다. 다음 연도엔 1학기 중간고사 전 과목 만점을 받으며 은아는 그야말로 '공부 잘하는 애'로 불리기 시작했다. 올백을 목표로 공부를 한 건 아니었다.

그저 한 과목씩 최선을 다했고, 제법 큰 운 또한 함께 따라 주어 한 문제도 틀리지 않은 결과가 나온 것이었다. 담임교사는 채점 결과가 나오자마자 혜란에게 전화를 했다. 혜란은 무슨 일이 있냐며 놀라 전화를 받았고, 담임교사는 허허 웃으며 은아의 완벽한 성적에 대해 말했다. 은아는 얼른 혜란에게 이 소식을 전하고 싶어 하고 있었다. 하교하자마자 켠 휴대폰으로 혜란에게 전화를 걸어, "엄마, 나 이번 중간고사 다 맞았어! 올백이래!"라고 말했다. 혜란은 정말 기뻐했다. 은아는 기뻐하는 혜란을 보며 기뻐했다.

며칠 뒤 종이에 인쇄된 성적표가 나왔고 은아의 성적표에는 열한 개의 과목명 아래 세 자리 숫자만 적혀 있었다. 100. 100. 100. 100. 100… 그 성적표를 들고 하교하는 길, 어느 때보다 빨리 집에 닿고 싶었다. 발걸음을 서둘러 낼 수 있는 가장 빠른 속력으로 집에 당도했다. 혜란과 현우는 부엌에서 이야기를 나누고 있었고 은아는 그 사이를 비집고 들어가 성적표를 건넸다. 혜란이 은아를 껴안으며 말했다.

“아이고, 잘했다! 우리 딸, 우리 은아.”

행복했다. 집은 조용했다. 현우는 은아더러 뭐 먹고 싶은 거 없냐고 물었다. 은아는 우물쭈물하다 별로 생각나는 게 없다고 답했다. 누굴 닮아 이렇게 공부도 잘하고 이렇게 예쁜가, 은아의 머리를 쓰다듬으며 현우가 말했다. 그런 현우를 보며 혜란은 웃고 있었다. 저녁엔 고기를 먹자고 혜란이 말했다. 은아는 좋다고 말하며 웃었고, 현우도 모처럼 웃고 있었다.

올백 성적표는 집을 평화롭고 고요하게 만들기에 적당했다. 물건이 날아다니고 고성이 오가던 부엌에서 달달한 고기 냄새와 화목한 목소리가 오갔다. 가족을 지키는 일은 생각보다 쉬워 보였다. 좋은 성적이 찍힌 성적표 하나면 되는 것 같았다. 그럼 우리 가족은 깨지지 않을 것 같았다. 이런 성적표 하나면 혜란이 더 이상 울지 않을 것 같았고 현우가 더 이상 화내지 않을 것 같았다. 그래, 이렇게 살면 되는구나. 고작 아홉 살이었지만 명민했던 은아는 자신이 가족을 지킬 수 있다고 생각했다.

스터디 플래너 첫 번째 칸에 날짜를 적고 그 옆에 수능 디데이를 적고 나면, 그 아래 칸에는 명언이나 목표 한마디를 적을 만한 분량의 칸이 있었다. 어느 강사는 줄곧 이렇게 말했다.

"도망친 곳에 낙원은 없다."

은아는 이 말을 들으며 생각했다. 도망친 곳에 낙원이 있을지 없을지는 몰라도 일단 여기가 지옥이라면 도망이라도 쳐야 하는 것 아닌가, 하고. 하지만 은아는 그 칸에 천천히 적었다. '도망친 곳에 낙원은 없다.' 도망친 곳에 낙원은 없어야 했다. 그래야만 했다. 그래야 이 망설임이 가치 있어질 것 같았다. 그래야 이 고통이 유효할 것 같았다. 그 칸에 적는 것은 명언이나 목표 같은 게 아니었다. 은아 자신의 바람이자 기도였다.

혜란은 손에 들고 있던 남은 무화과 반쪽을 접시

에 놓았다. 대신 사이드 테이블에 놓인 연두색 커피잔을 입술 가까이 가져다 댔다. 검은색에 가까운 진한 커피를 혜란은 달고 살았다. 은아가 밤에 마시는 커피는 수면에 방해가 된다고 핀잔을 주었지만 그녀는 따뜻한 커피를 마시면 잠이 더 잘 온다고 했다. 그녀는 연두색 커피잔을 들고 책상 뒤편의 침대에 걸터앉아 은아를 아무 말 없이 바라보았다. 그녀의 침묵은 은아더러 공부를 하라는 의미였다. 은아는 가방에서 자신의 이름이 적힌 학원 유인물 파일 하나와 분홍색 필통을 꺼냈다.

학원은 자체 제작한 자료가 유포되는 것을 극도로 꺼려 했다. 자료가 모두 사업 정보이자 자산이라고 생각했기 때문이다. 학교 시험에서 자신들이 만든 자료와 연관된 문제가 나오기라도 하면 '적중률 100퍼센트'라고 커다랗게 써 붙여 늦을세라 광고를 돌렸다. 그래서 대부분의 학원에서는 자료에 학생 각각의 이름을 연하게 워터마크로 인쇄해 나누어 주었다. 혹여나 학원 자료를 복사하여 유포한 경우 그 유포 학생의 이름을 바로 알아보기 위해서였다. 옆 반에 누가 학원 자료를 복사해 친구들과 돌려 보다가 학원에서 강제 퇴원당했다는 소식을 들었다. 그러다 보니 학생들은 학원 자료는 물론 수업 필기를 나누어 보는 것도 싫어했다. 학원 원장들은 학교 교사들의 수업 경향을 파악한다는 목적하에 여러 학생들의 교과서 필기를 복사하는데도 말이다.

학원 원장들은 학교 교사의 말을 한 구절도 빠짐없이 깔끔하고 예쁘게 필기하는 학생을 필요로 했다. 그런 학생의 필기로 학교 수업 스타일을 분석하고, 교사마다 특별히 강조한 부분이나 덧붙인 추가 지문 같은 것들을 확인하기 위해서였다. 그런 정보를 모두 종합해 만든 자료이기에 학원의 자산이라고 생각했다. 다른 학원보다 많은 정보를 알아내 본원의 수강생에게 제공하는 것이 각 내신 대비 학원의 역할이자 목표였다. 학생들 사이에선 원장에게 필기를 제공하는 자가 곧 우등생이었다. 그리고 그 우등생 타이틀을 따기 위해 너 나 할 것 없이 열심히 필기를 했다. 은아도 다르지 않았다. 교사와 강사들 사이에서 우등한 학생으로 여겨지는 것, 그 목표를 달성하면 부모를 만족시키는 건 시간문제였으니까.

문득 샤프를 쥐고 있던 오른손에 기다란 원통형의 샤프가 아닌 다른 게 만져졌다. 아주 작은 조약돌들 같은 것. 그 감촉에 내려다보니 하얀 약 여러 알이 손에 자리하고 있었다. 그걸 인식하는 순간 고개가 앞으로 고꾸라졌다.

아이가 머리를 맞은 것이다.
어른이 머리를 후려친 것이다.

순간 은아의 시선이 손바닥 위의 수북한 알약에서 무화과로 돌아왔다. 로즈골드색 안경이 흔들렸다. 잠깐 혜란이 두 명으로 보였나…

"또 졸았니? 또 졸아, 또 또 또."

은아는 익숙한 듯 분홍색 필통에서 녹색 통에 담긴 안약을 꺼냈다. 천장을 보고 눈동자를 최대한 위로 치켜뜬 다음 양 눈에 안약을 서너 방울씩 넣었다. 차가워지며 시원해지는 느낌, 눈뿌리가 시큰거리며 살짝 정신이 개운해지는 느낌을 받기 위해. 그 안약은 채연에게로부터 소개받아 약국에서 구매했다. 약국에 들어가 '초록색 향수병같이 생긴 눈 시원해지는 안약'이라고 설명하자 약사는 채연의 것과 똑같은 안약을 주었다. 육천 원이었다. 육천 원과 맞바꿔 얻어 내려 한 졸음의 반대말은 자꾸만 도망갔다. 처음 샀을 때는 한 방울씩만 넣어도 잠을 깨울 수 있었으나 2주쯤 지나자 한두 방울은 넣어야 잠이 깨는 듯했고 지금은 서너 방울이 필요했다. 안약은 빠르게 줄어들었다. 눈에는 안약을, 입에는 민트 사탕을 넣으면 일시적으로 잠이 깨는 듯했다.

혜란에게 머리를 맞는 건 아무 일도 아니다. 남은 무화과 한 쪽을 입에 넣고 눈을 비볐다. 지금 은아에게 더 중요한 일은 잠에서 깨는 것. 다시 졸아서 머리를 맞는 것은 은아에게 큰 문제가 아니었다. 그저 잠에서 깨는 것이 중요한 문제다. 할 일이 많다. 수능이 얼마 남지 않았다.

10월 30일

이번 일주일을 잘 살아 낼 수 있을까.

겁이 난다. 두렵고 무섭다.

나 자신이.

할 일은 많아져만 가고 난 축축 처지기만 하고, 그냥 그렇다.

미래의 나는 지금의 나를 후회하고 원망할까.

미래의 은아야. 부탁 좀 할게. 그냥 좀만 이해해 줘.

나 너무 힘들고 많이 아팠으니까.

혜란의 권유가 아닌 강요로 은아는 관리형 독서실을 다녔다. 관리형 독서실은 그야말로 '관리'하는 독서실이었기에 24시간 내내 은아의 옆에 붙어 있을 수 없는 혜란의 마음에 쏙 들 수밖에 없었다.

은아의 집과 학교에서 딱 중간쯤 거리에 위치한 관리형 독서실엔 늘 초록색 램프가 켜져 있었다. 독서실에 들어가면 먼저 휴대폰을 제출해야 했다. 졸거나 딴짓을 못 하게 하기 위해 조교가 독서실 내부를 주기적으로 돌아다녔다. 은아는 티 안 나게 딴짓을 하는 데에는 도가 텄다. 할 수 있는 딴짓은 제한적이었다. 책상에 앉아서 하되 전자 기기가 동원되지 않아야 하고, 어느 정도 공부에 집중하고 있는 것처럼 보여야 했다. 은아가 도출한 최선의 결과는 일기 쓰기였다. 은아는 작은 수첩을 늘 가지고 다니며 문제집 아래나 책 사이에 끼워 두고 일기를 쓰며 시간을 보냈다. 그게 은아가 할 수 있는 일탈의 전부였다.

관리형 독서실과 같은 경우 입실과 퇴실 시간이 보호자에게 문자로 발송되고 심지어는 식사를 위한 외출 시간 30분도 공유되었다. 그때쯤 은아는 은영의 도움으로 혜란 몰래 정신과 진료를 받고 있었다. 그런데 관리형 독서실의 특성상 일주일에 한 번 시간을 빼 병원을 다녀오기가 마땅치 않았다. 식사 시간에 끼니를 거르고 진료를 다녀와야 했다. 그게 정녕 은아 자신을 위한 것일지는 잘 모르겠지만, 그렇게라도 해야만 살 수 있었다. 조금 굶주릴지언정 어떻게든 도움을 받는 것, 그게 은아의 생존법이었다.

그렇게 몇 주를 보낸 은아는 본인이 낼 수 있는 가장 큰 용기를 내어 혜란에게 말했다. 관리형 독서실이 나와 잘 맞지 않는 것 같다고. 중간중간 돌아다니는 조교 선생이 집중을 방해한다고 했다. 위치가 애매해 접근성이 좋지 않다는 말도 덧붙였다. 혜란은 언짢은 표정을 숨기진 않았지만 일반 독서실로 옮기는 것을 허락했다. 그렇게 은아는 채연이 다니는 집 바로 앞에 위치한 일반 독서실로 옮겼다.

조교 선생의 활보와 독서실 위치에 대한 불만은 당연히 핑계였다. 은아는 그저 조금 더 여유로워지고 싶었을 뿐이다. 병원에 다녀오고 싶었고 끼니를 챙기고 싶었다. 마음껏 울고 싶기도 했다. 관리형 독서실에서는 조교 때문에 울 수 없었으니까. 눈물을 삼키고 삼키다가 흐른 눈물을 어떻게든 티 안 나게 몰래 닦아야만 했으니까.

집 앞에 위치한 일반 독서실은 어느 회사 건물의 5층에 있었다. 졸릴 때마다 잠을 깨기 위해 한 손에 암기할 프린트를 들고 비상계단을 오르락내리락하다 우연히 옥상이 열려 있는 것을 발견했다. 11층짜리 건물의 옥상은 허탈할 정도로 쉽게 열렸다. 회사원들이 흡연을 하러 오는 곳인지 제법 조성도 잘 되어 있었다. 한구석에 왕성하게 자라는 화분들이 있었고 목재 의자와 테이블도 있었다. 밤이 되면 조명을 향해 날아드는 벌레들이 엄청나게 많았지만 독서실 한 칸에 자신을 가둔 채 생활하는 것보다는 훨씬 행복했다. 숨이 좀 트였다. 고개를 들면 이따금 희미하게 반짝이는 인공위성이 보였다. 맑은 날 저녁엔 별도 조금 보였다.

한 걸음씩 내딛으며 별을 세었다. 하나, 둘, 셋, 넷, 다섯 번째 별을 세기 직전에 차가운 난간이 느껴져서 한 보 뒤로 물러났다. 그러곤 다시 앞으로 몸을 기울여 보았다. 난간은 은아의 어깨와 허리 사이 높이쯤이었고 아래로는 건물 뒤편의 주차장이 보였다. 죽는다면 여기서 떨어져 죽어도 괜찮겠다고 생각했다. 11층이니 애매하게 살아남지도 않을 것 같았다. 내 삶의 끝은 어쨌든 자살일 텐데 그 결말을 맞이할 때가 오면 여기서 할까, 은아는 생각했다. 고요함 속에 울리는 건 자살 충동뿐이었다.

동네 카페들은 아주 고요하거나 아주 시끄럽거나 둘 중 하나였다. 전자는 삼삼오오 모여 숙제를 하고 있는 아이들이 가득한 곳, 그리고 후자는 이른바 학부모들의 커뮤니티였다. 우리 애는 어느 학원을 다니네, 이번에 누가 몇 등을 했다네, 누가 성적이 떨어지고 누구는 올랐다네 하는 이야기가 중년 여성들 사이에서 오갔다. 모임의 성격은 시간대 별로 나뉘었다. 학생들이 등교해 있을 무렵인 오전 10시 즈음부터 오후 2시까지는 친목과 교류를 빙자한 정보 싸움이 주였고 하교 시간인 오후 3~4시 이후부터 대부분의 학원이 시작하는 오후 6시 전까지는 밀린 숙제를 아무 말 없이 하는 학생들이 자리를 차지했다.

은아는 또래들이 가는 건물 1층에 위치한 대형 프랜차이즈 카페 대신 구석진 곳에 있는 다른 건물 편의점에 갔다. 커피 코너에 가 한참을 뒤적거렸다. 이 커피를 들어 뒷면을 보고 저 커피를 들어 뒷면을 보고. 카페인 함량 수치가 가장 높은 편의점 커피를 찾기 위해서였다. 학생들은 어느 캐릭터가 그려진 커피 우유, 어느 편의점의 어느 회사 커피, 또 어느 프랜차이즈 어느 메뉴가 카페인이 제일 센지 떠들어 댔다. 듣던 대로였다. 편의점에서 천팔백 원짜리 카페라테 하나를 사서 나왔다. 다른 손엔 흑백으로 프린트된 학원 자료가 들려 있었다.

자료는 읽어도 읽어도, 외워도 외워도 끝나지 않았다. 시험 범위는 방대했고 그에 따른 자료의 양도 방대하긴 마찬가지였다. 학교가 내신 등급을 나누는 방식은 간단했다. 첫째로 문제별 점수 분배를 0.1점 단위로 나누는 것이었다. 각 문제의 배점은 3.9점, 4.2점 따위로 나뉘었고, 이는 0.1점 단위의 점수 차이를 만들어 등급을 가르기 위해서였다. 동점자는 학교 입장에서도 학생 입장에서도 난처하기에 과도하게 촘촘한 점수 배분은 필연이었다.

학교 입장에서 쉽고 빠르게 학생들의 점수를 낮추는 두 번째 방법은 시험 범위 자체를 방대하게 만드는 것이었다. 교과서 내용과 수능 특강 지문은 물론이고 보충 프린트라는 명목으로 외부 교재를 시험 범위에 포함시키는 건 기본이었다. 내신 시험은 누가 공부를 잘하나에서 누가 암기를 잘하나로 변질되었다. 학교는 암기력이 뛰어난 학생이 우등하다고 평가되도록 설계되었고 학생들 또한 똑같이 생각했다. 시험 범위가 늘어날수록 학원에서 주는 자료의 양 또한 배로 늘

어날 수밖에 없었다. 학원에선 어떻게든 시험 범위에 대한 '대비'를 시켜 줘야 했고 그건 곧 방대한 자료 제공으로 이어졌다. 퍼펙티 영어학원도 마찬가지였다. 특히 영어 과목과 같은 경우 시험 범위에 포함되는 지문을 전부 백지에 줄줄 쓸 수 있을 정도로 암기하고 들어가야만 시험지 마지막 장까지 살펴볼 수 있을 정도였다. 퍼펙티에서 준 자료에는 지문 중간중간마다 빈칸이 뚫려 있었다. 그러니까 지문 내용을 전부 숙지하는 걸 넘어서 암기하는 것, 그게 내신 대비 방법이었다.

은아는 옥상에서 빙글빙글 같은 자리를 돌며 자료에 적힌 문장들을 입으로 읊조렸다. 꿀벌이 전 지구적으로 얼마나 중요한 개체인지 설명하는 지문과 불법적인 벌목 작업을 막는 기계를 만드는 과정, 그리고 그 기계의 작동법에 관한 지문이었다. 이상하게 꼬인 문장, 괄호를 치고 그보다 더 큰 괄호를 치고 그보다 더 큰 괄호를 쳐야만 정리되는 문장, 그런 문장들로만 구성된 지문을 달달 외우는 것. 이걸 왜 외워야 하는지는 모르겠으나 외우라고 하니까 외웠고, 외우니까 문제를 풀 수 있었고, 외우지 않으면 점수가 나오지 않는다는 것을 깨달았다. 그래서 아무 말 없이 외웠다. 물론 그걸 깨닫지 못했더라도 아무 말 없이 외웠을 은아였다.

은아는 학교에서 관현악부 동아리에 들었다. 혜란의 제안 아닌 강요로 여덟 살 때부터 바이올린을 배운 은아는 늘 오케스트라 동아리의 엘리트 단원이었다. 비전공자 치고는 일찍 시작해 오래 배웠고 열심히 연습했기 때문이다. 고등학교에서도 큰 고민 없이 관현악부에 지원했고 면접에 합격해 제1 바이올린 단원이 되었다. 관현악부는 제법 인기가 많은 동아리 중 하나였다. 학교에서 특기상을 수여하는 동아리 중 하나기 때문이다. 특기상을 받는 동아리는 방송부, 신문부, 도서부, 관현악부가 전부다. 그 네 동아리 중 하나에 들어가면 생활기록부의 교내 수상 목록에 한 줄을 추가할 수 있었고, 또 동아리 담당 교사가 생활기록부에 들어가는 세부 능력 특기 사항을 잘 적어 준다는 소문이 있었기에 수시를 준비하는 아이들 사이에선 이 네 동아리 중 하나에 들어가는 것이 제법 중요한 목표였다. 은아는 무리 없이 관현악부에 합격했다.

관현악부는 쓰임이 다양했다. 바이올린, 첼로, 플루트, 클라리넷, 오보에로 구성된 관현악부는 학교 주요 행사가 있을 때마다 하얀 단복을 갖춰 입고 축하 연주를 했다. 가장 중요한 행사는 매년 10월 교내 축제 음악회 연주였다. 3월부터 매주 그 음악회를 위한 연습을 했다. 행사나 축제가 다가올 무렵이면 일주일에도 두세 번씩 모여 연습을 했다. 다른 단원들은 학원 갈 시간이나 숙제할 시간을 뺏긴다며 툴툴댔지만 은아는 연습 일정이 잡힐 때마다 표정이 밝아졌다. 은아에게 바이올린을 켜는 시간은 아주 작은 해방이었다. 바이올린을 한 손에 들고 등교하는 날이면 평소보다 조금 더 기뻤다. 점심시간마다 나서서 추가 연습에 참여했고 친구들이 어려워하는 마디를 보다 쉽게 연주하는 운지법을 공유하곤 했다.

"검지 다음 약지로 다음 음을 잡으면 편해."

누가 시키지 않아도 주도적으로 동아리 활동에 열심히 참여하는 은아를 음악 교사는 아주 예뻐했다. 은아는 예쁨을 받으려고 열심인 건 아니었다. 생활기록부에 좋은 문구를 써 주길 바라는 마음으로 열심히 참여하는 척하는, 또 정말로 열심인 학생도 더러 있었지만 은아는 달랐다. 은아는 바이올린을 켤 때 비로소 숨을 쉴 수 있었다.

왼손으로 지판을 잡고, 왼팔이 위로 향하게 곧게 뻗어야만 부드러운 비브라토가 가능했기에 바이올린을 연주하는 손목은 늘 드러나 있었다. 비브라토를 할 때 거슬린다고 소매를 걷기도 했다. 그때 즈음 은아의 손목에는 상처가 자주 나 있었다. 난 상처라기보단 낸 상처였다. 은아는 자주 왼쪽 손목에 상처를 냈다. 가벼운 생채기에는 곧 딱지가 앉았다. 조금 지나자 딱지가 다 아물기도 전에 새로운 상처가 생겨나기 시작했다. 어쩐지 은아는 스스로 낸 상처는 숨기는 게 맞다고 생각했다. 여름에도 얇은 연핑크색 카디건을 걸치고 다녔다. 주변 친구들이 덥지 않냐고 할 때마다 더위를 별로 안 탄다고 태연하게 답했다. 하지만 은아도 알고 있었다. 바이올린을 켤 때만큼은 상처가 드러날 수밖에 없다는 것을.

손목이 얼굴을 향하게 지판을 잡고 바이올린을 연주할 때면 손목의 상처는 드러날 수밖에 없었다. 약국에서 파는 대형 밴드 중 가장 저렴한 것을 사 손목에 붙이고 다녀도 보았다. 누군가가 상처에 대해 물을까 걱정했다. 상처에 대해 물어 주길 바라면서도 동시에 몰라주길, 더 나아가 모른 척해 주길 바랐다. 그 바람대로 상처에 대해 묻는 이는 없었다. 상처에 대해 걱정하는 이도 없었다. 단원 친구들도, 음악 교사도, 하물며 채연도 상처에 대해 말하지 않았다. 그건 은아에 대한 배려 혹은 예의, 일종의 걱정과 염려였을지도 모른다.

8월 3일

오늘은 또 뭐가 문제야. 집중은 왜 갑자기 못 하는 건데.

난 고3이고, 할 일은 산더미인데 핑계인지 아픔인지 모를

그 무언가 때문에 또 하루 종일 꽉 눌려 있다.

사실 이제 진저리가 난다.

지친다. 내가 이러는 것에.

할 게 많은 거 안다. 해야 하는 것도 안다. 이렇게 소비할 시

간이 없는 것도 안다.

다만 그만하고 싶을 뿐이다.

다 그만하고 싶어. 이 괴로움도 슬픔도 아픔도 불안함도 걱

정도 그만하고 싶다.

사실 죽음이 바싹 다가왔는데 손에 잡히지는 않는 것 같다.

무서운가, 아니면 삶에 미련이 남았나.

죽고 싶다.

이제 말할 사람도 없다. 다들 바쁜데 그들까지 힘들게 하고 싶지 않다.

날 도와주려는 사람은 참 많은데, 날 아끼는 사람은 참 많은데, 나는 왜 항상 이 모양일까.

왜 고민해도 해결되지 않을까. 내가 바꿀 수 있는 걸 바꾸려고 노력해야 할까. 근데 난 그게 안 되는걸. 내 게으름인지 아픔인지 모를, 하여튼 나 자신 때문에 그게 안 되는걸.

침대에 누워서 '아 그냥 자다가 죽었으면' 하고 바라는 게 며칠째인지 모르겠다.

아 근데 미안하다. 자꾸 나만 생각해서.

여기서 도망쳐보겠다고 나만 생각해서.

그래요. 난 원래 이기적이고 배려심 없는 사람이잖아요.

그냥 울고 싶다.

8월 8일

나도 내 문제를 알고 해결하기 위해 노력하고 있는 건데 그게 계속 해결되지 않으니까 힘든 거다.

난 누구보다 잘 살고 싶고 요즘따라 날 이렇게 만든 것들이 너무 원망스럽다.

굉장히 힘든 나날이다.

힘을 내야 하는데, 다시 기운 내어 해야 할 것들이 산더미인데. 며칠째 제대로 해내고 있는 게 아무것도 없는 나는 쓰레기인가.

답이 없다.

나아지지도 않고, 나아질 기미도 없고.

"저는 원래 고등학생들만 강의합니다."

수년 전 현준과의 첫 수업은 이 문장으로 시작했

다. 이례적으로 중학생 반을 맡게 되었다는 걸 강조하는 듯 현준이 말했다. 사실이기도 했다. 그것도 원장 직강만을 하던 퍼펙티 영어학원의 가장 높은 레벨의 중학교 2학년 원생을 상대로 한 3시간 수업 중 절반을 현준이 맡게 되었다. 원장이 문법, 현준은 문장 독해 담당이었다. 원생은 레벨 테스트를 통과한 네 명뿐이었다. 원장은 은아를 포함한 네 학생의 부모에게 전화해 현준의 우수함을 알렸다. 명문대 출신에 고등학생만을 상대로 수능 독해 강의를 몇 년째 해 왔으며, 1등급 배출 비율이 몇 퍼센트이고, 고등학교 내신 또한 전문으로 해 다방면으로 특출난, 이 판에 떠오르는 새로운 강사라고. 학부모들의 반응은 비슷했다. 어머, 원장님 추천이라면 믿고 맡겨야죠.

"중학생 반을 맡게 된 건 처음이네요. 제 이름은 김현준입니다."

화이트보드에 자신의 이름을 파란색 마카로 쓰며 말했다.

"학생들 사이에서 제가 뭐 악마다, 피도 눈물도

없다 그러던데 실제로 그렇진 않습니다. 여러분은 그냥 열심히 하면 돼요. 제 수업에 들어올 때는 휴대폰은 앞 탁자에 두고 자리에 앉습니다. 지금 다들 휴대폰 갖고 있죠? 휴대폰 좀 낼까요?"

은아는 가지고 있던 흰색 폴더폰을 책상 위에 올려두었다. 현준의 긴 손가락이 책상을 가볍게 치며 은아의 휴대폰을 들고 갔다. 무서웠다. 그 순간 교실에서 나는 소리라곤 가볍게 책상을 퉁 하고 스치는 소리와 열심히 작동하는 가습기 소리뿐이었다. 적막 속에서 느껴지는 현준의 카리스마는 네 명의 중학생을 숨 죽이게 하기에 충분했다. 휴대폰 네 개를 들고 자신의 자리로 돌아간 현준은 화이트보드 옆모서리에 위치한 책장에서 두꺼운 책 한 권을 꺼냈다. 옆면과 표지에 '직독직해 600'이라고 쓰인 초록색 책.

"이게 우리 교재에요. 『직독직해 600』, 배우리 출판사 책이고요, 300이랑 600 있는데 헷갈리지 말고 600으로 사세요. 길 건너면 있는 새나글방 가서 달라고 하면 줍니다. 300은 노란색, 600은 초록색이니까 구분 잘 하시고요. 다음 시간까지 사 오면 됩니다.”

학생들은 입을 열지 않고 고개만 끄덕였다.

“첫 시간이니까, 오늘은 제가 복사해 온 교재로 수업하겠습니다.”

학생들에게 복사된 흑백 A4 사이즈의 출력물을 나누어 주었다. 『직독직해 600』 책의 첫 번째 장을 복사한 것이었다. 현준은 교실 뒤편에 걸린 시계를 한번 보더니 서둘러 수업을 시작했다.

한 시간 반가량의 수업을 끝내고 현준은 담배를 피우러 건물 옥상에 올라갔다. 옥상에는 누가 키우는지 여러 화분이 있었고 이따금 다른 층 강사들을 마주치곤 했다. 학원 건물 경비원은 그보다 더 자주 마주쳤다. 주머니에서 꺼낸 담배를 피우며 하늘을 바라보다가 옥상 출입문으로 슬쩍 고개를 돌렸다. 한 학생이 문을 열다 말고 다시 내려간 것 같았다. 옥상으로 올라오는 계단에 원생의 옥상 출입을 금한다는 팻말이 있는데 그걸 무시한 학생이 있었나 보다. 현준은 피우던 담배를 계속 피웠다.

독서실 옥상에 올라온 은아는 퍼펙티 영어학원 단어장을 한 손에 들고 있었다. 문 옆에 다른 층 회사원들이 버린 담배꽁초들이 있었다. 단어장을 들고 다시 이리저리 걸어 다니며 단어를 소리 내어 중얼거렸다. 내신 시험에서 단어장 관련 문제는 고작 두 문제 정도인데 그걸 맞히겠다고 이 고생을 하고 있는 자신이 어쩐지 한심하다는 생각도 했지만 곧 떨쳐 냈다. 모두가 그렇게 살고 있으니까. 한 문제라도 더 맞혀서 남들보다 0.1점이라도 높게 받아야 겨우 등급이 오를까 말까 한 상황이니까. 지푸라기를 잡는 심정도 아니다. 그냥 하는 것. 다들 하니까, 나도 해야 하는 것. 그게 지푸라기인지 뭔지는 중요한 게 아니었다.

해가 지니 옥상 모서리에 있던 동그란 조명이 자동으로 켜졌다. 산다는 것은 작은 문제, 지금 이 단어를 외우지 못하는 것은 큰 문제. 삶과 죽음이라는 작은 문제에 대해 고민하다가 큰 문제로 시선을 돌렸다. 문제를 푸는 것이 가장 중요한 문제일 뿐 다른 것이 끼어들 틈도 없었다. 문제를 풀면 문제가 끝날까? 문제를 맞혀야 문제가 끝날까. 문제를 틀리면 그건 진짜 문제가 된다. 문제를 맞히면 문제가 아니게 된다. 문제는 이렇게나 쉽게 다른 문제가 되고 또 문제가 아닌 게 되면서. 삶은.

죽음은?

죽을 방법을 고안하던 은아는 독서실 옥상에서 뛰어내려 죽어야겠다는 생각을 자주 했다. 11층짜리 건물이니 제법 넉넉해 보였고 옥상 문이 항상 열려 있어 접근하기도 쉬웠다. 학원가 건물은 백이면 백 옥상 출입이 불가했다. 몰래 몇 번 올라가려 했으나 경비원과 눈이 마주쳐 뒷걸음질로 내려오거나 담배를 피우고 있는 강사들을 흘깃 보곤 뒤돌아서기 일쑤였다. 하지만 이 건물은 아니었다. 경비원은 있는지 없는지도 모를 터였고 담배를 피우는 사람이라곤 얼굴을 모르는 다른 층 회사원뿐이었으니까.

한번은 굉장히 낙심한 표정의 한 회사원이 옆에 앉아 담배를 핀 적이 있었다. 은아는 손에 들린 담배를 유심히 보았다. 피우고 싶은 건 아니었다. 그저 반짝 불빛이 보였다가 사라지는 그 찰나를 보고 있었던 것이었다. 그 담배를 떠올리던 중 아주 잠깐 반짝, 별이 빛나는 것을 보았다. 옥상에서 보는 하늘은 드넓었다. 사막에서 바늘을 찾는 것처럼 아주 넓은 바탕에 아주 작게 반짝이는 별을 찾았고, 그게 별이었다면…

그건 별이어야만 했다.

인간이 반짝이는 것에 매료되는 이유는 무얼까. 인간 신체에 반짝이는 것이 없어서일지도 모른다.

번쩍거리는 노란 차가 주차장에 있었다. 차에 대해 아는 바가 전혀 없는 이도 그 차가 매우 값비싼 차라는 건 느낄 것이다. 옥상에서 아래를 내려다보니 차체 윗부분이 보였다. 쨍한 색에 매끈한 곡선으로 형태가 잡힌. 내가 여기서 떨어지면 저 차를 부수게 되겠지. 그럼 우리 가족이 배상해야 할 거야. 난 죽는 순간까지 가족한테 폐만 끼치는구나, 생각을 하며 오늘은 뛰어내리지 않기로 다짐한다. 죽고 싶은 은아에게는 죽고 싶지 않은 자신이 필요했다. 관현악부 연주회도 한몫했다. 오케스트라 부악장을 맡고 있는 은아가 사라지면 피해가 갈 게 분명했다. 은아는 죽는 순간까지 다른 이들에게 피해를 주고 싶지 않은 마음이었다. 곰곰이 생각해 보니 아무런 피해를 불러오지 않는 죽음은 불가능해 보였기에 폐를 끼칠 수밖에 없다고 체념했지만 한편으로는 계속해서 바랐다. 죽고 싶어 하지 않는 자신을 달라고.

그 바람과는 다르게 은아는 어제보다 오늘 더 죽고 싶었다. 주변에 죽고 싶은 것까진 아니라고 말해야 할 만큼 죽고 싶었다. 그럴수록 당연히 해야 할 일엔 더 집중할 수 없었다. 친구들이 성취와 실패에 대해 고민할 때 은아는 삶과 죽음에 대해 고민해야 했다. 그건 외로운 고민이었고, 외로움은 죽음을 부추기기 쉬웠다. 떨어지는 성적도 죽음을 달달하게 부추겼다. 맹맹하게 단 무화과를 한 입 베 먹는 것처럼 죽음이 간단했다면 나는 이미 죽었을까 아니면 죽기를 더 망설였을까. 그것도 아니면 죽지 않기로 결심했을까. 겉잡을 수 없이 떨어지는 고등학교 내신 성적표를 보며 혜란은 더욱 크게 소리쳤다. 정신 못 차린다고, 잡생각에 빠져 있다고, 저년 분명 제정신이 아닐 거라고. 은아는 그걸 들으며 그 말에 동의했다. 내가 정신을 못 차리고 있구나, 내가 잡념에 빠져 있구나, 난 제정신이 아니구나.

집에 유독 들어가기 싫은 날이면 꼭 학원 강사로부터 상담 전화가 와 있었다. 강사와 통화한 혜란은 보다 날카로운 목소리로 은아를 대했고 그건 은아를 더 죽고 싶게 만들기에 충분했다. 수없이 들은 '미친년'이라는 소리에 익숙해질 때쯤 은아는 자기가 미쳐 있다고 생각했다. 내가 정신 나간 년이구나, 생각했다.

고민을 재차 반복했다. 생각하고 또 생각했다. 11층짜리 독서실 옥상에서 네 시간 넘도록 울면서. 여기서 뛰어내려야 하는지 말아야 하는지. 더 살아야 하는지 죽어야 하는지. 죽는다면 어떻게 죽을 것이고 산다면 또 어떻게 살아야 하는지. 고민하고 시달려도 답은 나오지 않았다. 애초부터 답이랄 건 없거나 이미 정해져 있다는 생각이 들었다.

의지.

수험 생활에 있어 가장 필요한 것 아닐까.

의지.

우울함이 가장 많이 갉아먹는 것 아닐까.

은아는 현준에게 문자를 보내곤 휴대폰을 꺼 버렸다. 현준이 문자를 보았을지, 답장을 했는지, 답장이 왔다면 무어라 왔는지 미치도록 걱정되었지만 일단은 휴대폰을 꺼 두었다. 미안한 마음이 들었다. 주변인에게. 이렇게 매번 우울해하고 죽고 싶어 하는 법밖에 모르는 내 주변에 있게 해서, 미안했다.

현준에게 보내는 장문의 메시지는 늘 죄송하다는 말로 마무리되었다. 나도 현준 같은 선생이 되고 싶다고 생각했지만 그러려면 일단 살아 있어야 했다. 은아는 살아 있을 자신이 없었다.

8월 17일

항상 그만하고 싶은 마음이 한구석에 있다. 난 무얼 위해 사나.

안다. 나도 알고 있다. 이런 고민할 바에 그냥 지금에 충실하게 더 열심히 사는 게 낫다고. 나도 그러고 싶다. 근데 그게 잘 안 된다.

혼란 속에 여태껏 살았다. 반만 해보자는 마음을 가지려고 해도 여간 쉬운 게 아니다. 하루를 잘 끝마치지 못했다는 생각이 들면 잠이 안 온다. 어제도 그래서 누워서 두 시간 넘게 있었다. 일어날 힘은 없었다. 그냥 그뿐이었다. 눈은 뜨고 있지만 손가락 하나 까딱할 힘도 없는, 그렇다고 눈을 감고 그 자릴 떠날 힘도 없는 그냥 막막한 바닷속으로 가라앉는 기분이다.

현준이 보기에 은아는 정신이 나가 있다기에는 정신이 너무 들어와 있는 학생이었다. 그러니까 늘 열심히 하는 학생이라는 말이다. 강의 시간에 늦는 법이 없고 숙제를 더 해 오면 해 왔지 덜 해 오거나 미루진 않는 학생이었다. 우연히 본 은아의 카카오톡 프로필 사진은 작은 포스트잇 이미지였다. '내가 할 수 있을까' 걱정하는 얼굴 옆에 "다 잘될 거야"라고 적힌 말풍선이 그려져 있는 포스트잇. 은아가 직접 그린 건지 모르겠다. 마음이 쓰인다기보단 그 시기 아이들다웠다. 은아의 프로필 사진을 유심히 보게 된 건 그 이후였다. 어느 날부터 은아의 프로필 배경 사진에는 우울과 관련한 글귀들이 올라왔다. 늘 입꼬리를 올리고 있던 은아와는 너무 대비되어 의아했다. 신경 쓰고 싶지 않았다. 그런데 자꾸 마음에 박혔다. 미소를 짓는 은아의 세모난 입과 올라가는 입꼬리가 어쩐지 익숙해서인지. 교복 단추를 늘 끝까지 채우고 단정하게 재킷을 입은 채 문제를 풀던 은아의 눈이 어쩐지 슬퍼 보인다고 생각한 적이 있어서인지.

늘 열심이고 최선을 다하는 은아에 반해 은아의 성적은 가파르게 떨어졌다. 원장은 학생들의 내신 성적과 원내 테스트 점수를 전부 체크하고 일정 기준에 미달하는 학생의 보호자에게 상담 전화를 돌리게 했다. 은아도 포함이었다. 10시 이후 학생들을 하원시키고 필요한 대로 전화를 돌렸다. 내용은 일률적이었다. 우리 아이가 요즘 성적이 미흡하니 가정에서 조금 더 신경을 써 달라, 아이를 격려하고 응원해 달라 따위의 것들이었다. 현준도 알고 있었다. 이런 전화를 받은 부모가 아이를 격려하거나 응원할 리는 없다는 것을. 혼내고 때리는 것보다 온화한 반응은 결코 일어날 리 없다는 것을.

은아의 어머니는 부드러운 목소리로 전화를 받았다. 어쩐 일이세요, 묻는 은아 어머니의 말에 잠깐 멈칫했으나 현준은 해야 하는 말을 읊었다. 전화는 아주 빠르게 끝났다. 두 학생의 보호자에게 전화를 돌리고 나니 10시 24분이었다. 이미 퇴근한 강사도 있고 아직까지 통화 중인 강사도 있었다. 현준은 짐을 챙겨 옥상으로 올랐다. 계단에서 경비를 만나 가볍게 목례를 했다. 옥상 문을 열고는 주머니에서 담뱃갑을 꺼냈다. 동시에 라이터가 옥상 바닥으로 떨어졌다.

은아가 어김없이 단어 암기 재시험을 보기 위해 남아 있는 날이었다. 학생들이 다 나간 강의실에서 은아는 현준의 책상 바로 앞에 있는 맨 앞자리에 비스듬히 옮겨 앉았다. 그러곤 뭔가를 결심한 듯 말했다.

"선생님."

은아는 주저하다 겨우 입을 열었다.

"저 우울증으로 치료받고 있어요."

현준은 아무 말도 하지 않았다. 하고 싶은 말은 많았으나 해도 되는 말이 무엇인지 몰랐다. 은아가 이어서 말했다.

"근데 엄마는 모르세요."

현준이 할 수 있는 거라곤 천천히 끄덕이는 거였

다. 현준은 은아가 어떤 아이인지 어렴풋이 안다. 이 말을 꺼낼 때까지 얼마나 많이 고민하고 망설였을지 안다. 저게 저 학생의 얼마나 큰 용기인지 안다. 저게 은아의 얼마나 지독한 발버둥인지 안다. 은아는 울지 않았다. 긴장한 목소리였지만 차분하게 자신이 하고자 하는 말을 했다.

"어머니가 모르셔도 괜찮아?"

현준은 질문하면서 뭔가 잘못되었음을 스스로 느꼈다. 어머니가 몰라야만 하니까 그런 거였을 텐데. 그럼 은아는 어떻게 치료를 받고 있는 것인가.

"네. 친언니가…"

은아의 친언니라면 잠깐 본 적 있다. 데스크에 학원비를 결제하러 온 은아와 닮은 이었다. 현준은 언뜻 봤음에도 은영을 알아보았다.

"언니가 도와주고 있어요. 언니랑 같이 정신과에 다녀왔어요. 우울증이 심해서 집중하기가… 어려워요. 엄마가 저 병원 다니는 건 알면 안 돼요. 그러니까… 그러니까 조금만 도와주세요."

은영이 은아를 돕고 있었다. 현준도 은아를 돕고 싶었다. 어떻게 해야 하는지는 모르겠지만 어쨌든 지금 할 수 있는 최선은 은아에게 태연하게 말하는 거였다.

"그게 그렇게 말하기 어려웠어? 나한테는 뭐든 말해도 돼."

은아는 그날 자기 전, 현준과의 대화를 침대에 누워 곱씹었다. 현준에겐 어디서부터 어디까지 말해도 되는 걸까. 나는 얼마나 솔직해도 될까. 어디까지 솔직해야 현준이 자신을 떠나지 않을까. 버려지긴 싫었다. 버려지기 싫다는 생각으로 귀결된 사고를 우물거리다가 잠에 들었다. 잠에 들어서는 머리가 아프지 않았다.

현준도 자신이 한 말을 곱씹었다. "뭐든 말해도 돼." 과연 나는 어디까지 들을 수 있는가. 나는 어디까지 듣고 어디서부터 몰라야 하며 어느 정도까지 모른 척해야 하는가. 선생은 선생으로서 무엇을 할 수 있는가. 강사는 강사로서 어디까지만 해야 하는가. 그런

걸 생각하다 보니 머리가 지끈거렸다. 일어나 진통제
를 두 알 먹고 다시 누웠다. 잠이 드는 줄도 모르고 잠
에 들었다.

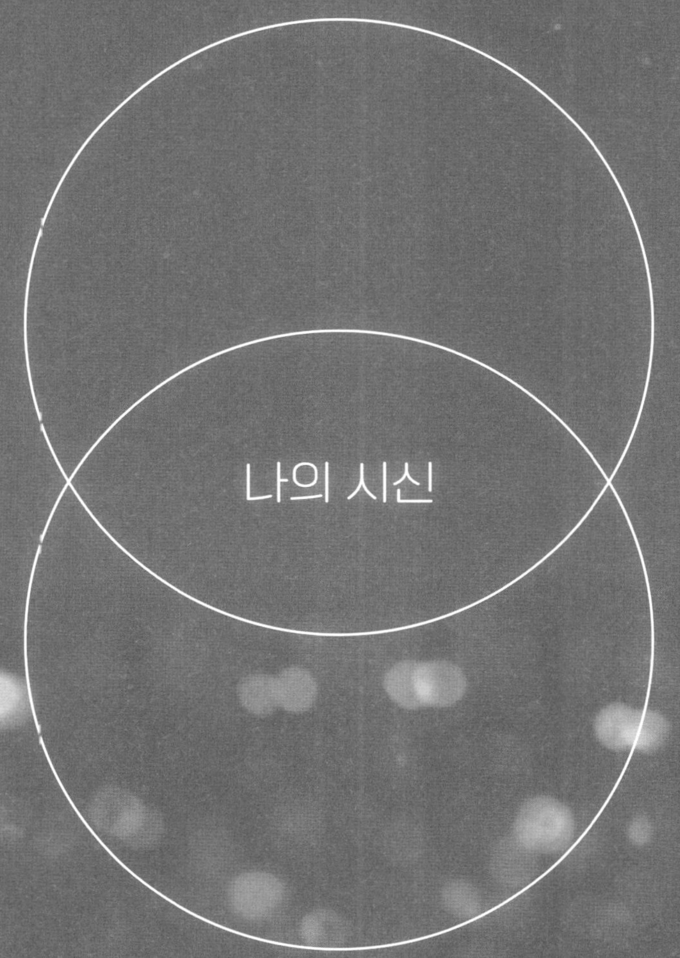
나의 시신

잠에서 깨는 꿈을 꾸었다.

　머리맡에는 1리터가 거뜬히 들어가는 대형 텀블러와 총 열 알의 캡슐이 들어 있었을 수면유도제 껍데기가 있었다. 문득 무언가 자잘한 것이 만져져 손바닥을 내려다보니 작고 흰 알약 몇십 알이 들려 있다. 그 알약들을 모조리 입에 넣고 혀끝부터 혀뿌리까지 입천장에 붙여 가며 물도 없이 억지로 삼켰다. 이제 곧 죽을 것이다. 이제 죽을 수 있을 것이다. 그 순간 누워 있는 나 자신이 다른 이의 시점으로 보였다. 푸르스름하게 변한 피부와 거뭇한 손톱. 머리맡에 놓인 텀블러와 약 껍데기. 아주 추운 곳에서 까무룩 잠에 든 듯한 그 모습은 죽은 것 같아 보이진 않았다. 누가 "워!" 하고 장난으로 깨우면 깜짝 놀라며 뜨일 것 같은 눈꺼풀이었다. 그 눈두덩이를 한참 바라보다가 뒤를 도는 순간.

죽지 못하는 현실을 꾸었다.

눈에는 안대를 얹고, 입에는 멜라토닌 젤리를 넣고 질겅질겅 씹어 넘기면 일시적으로 잠이 든 듯한 착각이 들었다. 방에선 늘 은은한 아로마 향이 났다. 내가 이렇게 자려고 애쓰는 순간 은아는 잠을 깨려고 발버둥 치고 있을 거다.

은영은 중학교 1학년 때부터 캐나다 유학 생활을 했다. 원래 혜란의 계획은 6개월 정도 캐나다에서 어학연수를 시키고 한국으로 귀국시키는 것이었지만 은영은 캐나다 생활이 너무 즐겁고 자신에게 잘 맞는다며 유학 생활을 하고 싶어 했다. 어쩐 일인지 혜란은 의외로 순순히 그 요청을 받아들였다. 그렇게 은영은 열네 살부터 열아홉 살까지 캐나다에서 지내다 호주에 있는 한 호텔 경영학과에 대학 진학을 했다. 은영이 현준을 만난 건 캐나다에서 열여덟 살 때였다.

은영의 영어는 제법 유창했지만 스스로 늘 캐나다 땅에 물들 수 없는 이방인이라고 생각했다. 가족을 피해 도망친 캐나다는 낙원처럼 보였으나 머지않아 낙원보단 무인도에 가까워졌다. 낯선 환경과 새로운 사람들. 혜란으로부터의 해방이라는 찰나를 지나자 뻐근한 외로움이 슬그머니 고개를 들었다. 그런 은영에게 현준은 반가운 존재, 제법 낙원 같은 사람이었다.

교환학생으로 캐나다에 온 현준은 빠르게 은영과 가까워졌다. 은영이 늘 앉던 도서관 자리 건너편에 현준이 앉았고 이따금 작은 사탕을 나누어 먹었다. 현준은 은영이 샌드위치에서 할라피뇨를 빼고 먹는다는 것을 알았고 은영은 현준이 커피보다는 핫초코를 좋아한다는 것을 알았다. 서로의 수업이 몇 시에 끝나는

지 알았고 그렇기에 만나기 가장 편한 요일은 수요일이라는 것도 알았다. 수요일마다 학교 후문에서 만나 조금 가파른 골목길을 내려가며 이야기를 나누었다. 누가 먼저 만나자고 하지도 않았지만 수요일이면 항상 먼저 온 사람이 기다렸다. 그렇게 어김없이 반복되는 수요일 중 하루, 방학을 2주 정도 앞둔 시점이었다.

"방학 때 뭐 할 거야?"

"너는?"

"나는 한국 가야지."

"나는 엄마 집 갈 거야."

"엄마 집?"

"응."

아주 잠깐의 정적이 흐르는 동안 은영은 생각했다. 엄마 '집'을 '집'이라고 부를 수 있는지. 다른 이들에게도 집은 이렇게 숨도 안 쉬어질 만큼 답답한 공간인지. 그렇다면 대체 다들 어떻게 집을 견디는 것이며 그게 아니라면 나만 왜 그것을 견뎌야 하는지. 현준은 다른 생각을 하고 있었다. 엄마 집? 그럼 아빠는? 보통은 부모님 댁이라든가 그냥 집이라고 하지 않나. 왜 집을 '엄마' 집이라고 부르는지. 현준은 그것이 궁금했다.

"근데 은영은 왜 집을 '엄마 집'이라고 불러?"

"응?"

엄마 '집'이 아닌 '엄마' 집에 대한 질문에 은영은 당황했다. 엄마 집을 엄마 집이라고 안 부르면 뭐라고 부르지?

'엄마 집'에는 혜란만 있지 현우는 없었다. 현우는 '아빠 집'에 있을 터였다. 엄마는 엄마 집에, 아빠는 아빠 집에 있는데 다들 '엄마 집' 대신에 '부모님 댁'에 간다고?

당연함은 상대적이다. 나에게 당연한 것이 다른 누군가에겐 생소할 수 있으며 그 반대도 마찬가지다. 허나 모난 마음을 지닌 이에게 그 사실은 제법 폭력적으로 느껴진다. '왜 말을 그렇게 해?'라는 생각이 불쑥 들다가 끝내 정제해 내뱉은 말에는 가시가 돋쳐 있다. 그리고 그 가시는 결국 다시 자신을 찌른다. '왜 말을 그렇게 했지’ 하고 말이다. 그날 현준과의 대화도 그랬다. 묘하게 가라앉은 기류를 타고 둘은 헤어졌다.

날이 어두워지기 무섭게 은영은 생각했다. 왜 말을 그렇게밖에 못 했지. 오전 2시 즈음 멜라토닌 젤리가 담긴 플라스틱 통을 열어 두 개를 꺼내 입에 넣고는 대충 씹어 삼켰다. 잠이 오길 바라는 마음으로 그 젤리를 먹을 때면 한국에 있는 은아를 향한 묘한 죄책감이 들었다. 한국 시간으로는 오전 7시. 은아라면 지금쯤 슬슬 잠에서 깨려고 애를 쓰고 있을 것이다. 은아에게 밀려오는 잠을 내가 조금 가져올 수만 있다면 좋을 텐데. 내 불면을 은아에게 나눠 줄 수 있다면 더 없이 좋을 텐데, 그런 생각을 하다 보니 웃겼다. 하늘엔 별 몇 개가 슬쩍 빛나고 있었다. 같은 하늘 아래에 있는데 하늘의 색이 달라 잠을 나눌 수 없다니.

동생 은아에게 드는 죄책감은 잠에서만 비롯된 것이 아니었다. 집에서 혼자 나왔으니까, 나만 지옥에서 도망쳐 나왔다는 미안함. 은영은 알고 있었다. 혜란은 시간이 지날수록 더하면 더했지 덜할 사람이 아니라는 것을. 아홉 살짜리 은아에게 혜란이 바라는 것은 너무도 거대하고 화려해서 도무지 9세 소녀가 감당해 낼 수 없는 문제일 것임이 틀림없다는 것을. 그럼에도 은아는 혜란을 위해, 어쩌면 자신을 위해, 혹은 '집'을 위해 부단히 노력할 아이라는 것을. 그럴수록 망가지는 것은 은아 자신일 텐데.

은아는 분명 그럴 만한 아이였다. 초등학교 수학 올림피아드에서 여학생 부문 1등을 차지해 교내 신문에 실렸다고 혜란은 은영에게 영상통화로 한껏 들뜬 채 말했다. 몇 달 전엔 은아가 중간고사 전 과목을 다 맞았다며 같은 반 아이들에게 과자 묶음을 돌렸다고도 했다. 은영은 왜 혜란이 은아의 올백에 반 친구들에게 과자 묶음을 돌리는지 이해되지 않았지만 일단 잘된 일이라고, 축하한다고 말했다. 그 이야기를 전해 들으며 떠올린 건 작년의 기억이었다.

작년 방학, 한국에서 머물던 시기의 밤이었다. 캐나다와 한국의 시차에 익숙해지기 전이라 겨우 잠들었을 무렵 거실에서 혜란의 고함이 들렸다, 그리 멀지 않은 곳에서 들려오는 혜란의 날카로운 목소리는 은영을 불안하게 하기에 충분했다. 방문을 열고 나간 거실에서 마주한 풍경은 문제집 두 권을 앞에 두고 울고 있는 은아와 그 옆에 앉아 있는 혜란이었다. 혜란과 눈이 마주쳐 그만하고 이제 자라고 말하려던 찰나에 혜란은 은아의 팔목을 신경질적으로 붙잡고는 반대편에 위치한 안방으로 들어갔다. 은영이 곧바로 안방 쪽으로 달려가 방문을 열려고 했으나 문은 잠겨 있었다. 방문 너머로 혜란이 '미친년' 하고 외치는 소리가 들렸고 그 사이로 은아가 훌쩍거리는 소리가 들렸다. 방문을 두드렸다. 문고리를 이리저리 돌리며 문을 열기 위해 애썼다. 방문을 쾅쾅 소리 나게 치다가 열리지 않는 문에 화를 냈다. 문은 열리지 않았다. 은영은 문을 열 수가 없었다. 은아는 어떻게든 우는 소리를 내지 않기 위해 애쓰는 것 같았다. 문은 한참 동안 열리지 않았다. 은영도 소리 내어 울지 못했다.

그날을 생각하며 은영은 주린 배를 달랬다. 은영은 한국으로 돌아가기 한 달 전부터 다이어트를 했다.

공항에서 만나자마자 혜란이 자신의 몸에 관해 평가하는 데 진절머리가 났기 때문이다. 외국 보내 놨더니 허벅지가 두꺼워졌네, 허리에 살이 쪘네, 하는 말들을 들을 바엔 굶는 게 나았다. 그게 더 편했다. 그렇게 은영은 입국하기 전, 그러니까 매 방학이 시작되기 전마다 독하게 다이어트를 했다.

은영은 캐나다와 호주에 있는 몇몇 대학교에 지원했고 그중 호주 멜버른에 위치한 대학교의 호텔 경영학과에 진학하게 되었다. 전공으로 호텔 경영을 꿈꿔 온 것은 아니었다. 합격한 대학교 중 그나마 갈 만한 과, 그러니까 혜란의 다소 정제된 표현에 따르면, 어디다 내놓기 쪽팔리지 않게 이름이 제법 번지르르한 그런 학교의 그런 과였을 뿐이었다. 중고등학생 때와 마찬가지로 호주에 홈스테이를 구해 대학을 다니며 동시에 한국어 강사 아르바이트와 번역 일을 했다. 혜란이 생활비를 보내 줬지만 마음의 짐 때문인지, 더 여유롭고 싶었던 욕심 덕분인지 은영은 열심히 돈을 벌어 모았다. 대학생이 되어서도 은영은 중고등학생 때와 다름없이 혜란과 일주일에 두어 번은 꾸준히 영상통화를 했다. 혜란은 은아의 성적을 포함한 중학교 생활을 미주알고주알 말했고 은영은 맞장구를 쳐 줬다. 그렇게 일주일 단위로 반복되는 일상을 살며 몇 년이 흘렀다. 은영은 자랐고 그와 동시에 은아도 자랐을 터였다. 은영은 성숙했고 은아는 아플 터였다. 은영이 미숙한 만큼 은아는 고통스러울 터였다. 홈스테이 방과 학교 언저리만 오가노라면 이 대학생 신분이 영원할 것 같았는데, 모니터 너머 은아의 얼굴이 달라지는 것을 보며 흐르는 시간을 체감했다. 그렇게 호주에서 대학을 졸업하고 한국으로 돌아왔다.

　　한국에 돌아온 지 얼마 되지 않아 은영은 제법 이름 있는 호텔에 취직했다. 혜란은 은영의 취직 소식에 들고 있던 커피잔을 내려놓고 기뻐했다. 기뻐하는 혜란을 보며 은영도 웃었다. 정확히 기쁨이라고 할 순 없었지만 기쁨과 비슷한 감정이 느껴지는 것 같았다. 은영은 그냥 그 감정을 기쁨이라고 뭉툭히 이름 붙여야겠다고 생각했다. 기쁜 것 같았다. 아니, 기뻤다. 기뻐야만 했다.

기쁜 마음을 품고 시작한 호텔리어 일은 당연하게도 마냥 기쁘지는 않았다. 야간 근무를 배정받은 은영은 오후 11시에 출근하고 다음 날 오전 7시에 퇴근했다. 오전 8시 언저리에 집에 와서 침대에 누웠고 저녁 시간 내내 자다 깨다를 반복하다가 다시 출근 준비에 들어갔다. 밤낮이 뒤바뀐다는 것에 대한 어느 정도의 각오는 하고 있었지만 몸이 감당하기 힘들었다. 잠은 죽어서 자라는 말을 어디선가 들었는데 차라리 죽어서 잠이라도 마음껏 자고 싶다는 생각이 이따금 머리를 스쳤다. 은영은 잠을 원하는 동시에 잠을 얻지 못했다. 손을 뻗으면 잡힐 것 같은데 막상 쥔 주먹을 펴면 잡히는 잠이 없었다. 널린 게 잠인데 잠에 들지 못한다는 생각은 잠을 더 달아나게 만들었다. 은아는 밀려오는 잠을 어떻게든 떨쳐 내려고 애쓸 텐데. 꼬리에 꼬리를 무는 죄책감은 은영을 더 깨어 있게 했고 그와 동시간에 있을 은아는 더 쓰러지고 있었다. 눈을 감고 싶어 하면서 눈을 뜨고 있는 사람이 있었고, 눈을 뜨고 싶어 하면서 눈을 감고 있는 사람이 있었던 것이다. 마치 죽고 싶어 하면서 살아가고 있는 사람이 있고, 살고 싶어 하면서 죽어 가는 사람이 있는 것처럼.

너는 엄마가 우리에게 하는 게 잘못되었다고 생각하지 않아?

은영이 현준으로부터 오랜만에 연락을 받은 건 호텔을 다닌 지 1년 차, 호텔 일에 겨우 익숙해졌다고 입 밖으로 뱉을 수 있을 즈음이었다. 캐나다 유학을 마치고 한국으로 돌아간 현준이 한국에 있는 명문대에 입학했다는 것은 인스타그램을 통해 알았다. 둘은 아주 가끔 다이렉트 메시지로 연락을 나누어 현준이 영어학원 강사 일을 하고 있다는 걸 알고 있었다. 그 학원 강사가 자신의 동생을 가르치고 있을 거라곤 생각하지 못했다. 영화처럼 맞아떨어지는 우연을 상상할 여력은 없었다.

혜란에게서 현준의 이름을 들었을 때엔 그저 같은 이름의 다른 이일 거라고 생각했다. 은아가 은영에게 학원 강사가 언니와 똑같은 옷을 입었다고 하기 전까진. 그 옷은 캐나다 학교에서 맞춰 입은 티셔츠였다. 굵은 선으로 그린 초록색, 노란색 인간이 그려진 티셔츠. 그 티셔츠 이야기를 듣고는 현준이 현준이구나, 생각했다. 그걸 알게 된 뒤로 은영과 현준은 이따금 온라인상으로 이야기를 나누었다. 그냥 이렇게 살고 있다, 저런 걸 하고 있다 정도의 이야기가 전부였으나 어느 날은 의미심장한 연락을 받았다. 어느 평일, 현준으로부터 오늘 출근하기 전에 은아를 만나러 올 수 있겠냐고 물어 온 것이다. 은영이 정확한 시간을 묻자 현준은 오후 9시라고 답하며 퍼펙티 영어학원 주소를 보내왔다. 출근길에 위치한 학원가 한복판 건물, 저번에 혜란이 자신에게 학원비 결제를 부탁하며 알려준 주소와 같은 곳이었다. 오후 11시까지 출근이었으니 시간도 얼추 맞을 것 같았다.

오후 9시 퍼펙티 건물 1층 엘리베이터 앞에 서 있자 엘리베이터가 천천히 올라갔다가 다시 내려왔다. 열린 문으로 눈이 부은 은아가 나왔다. 은아는 은영을 껴안았다. 은영보다 훨씬 키가 작은 중학생 은아는 은영을 안고선 한참 가만히 있었다. 은아에게 혜란과의 문제가 생겼다는 걸 직감했다. 은아를 데리고 퍼펙티 건물 건너편에 있는 대형 프랜차이즈 카페에 갔다. 공부를 하는 아이들로 가득했다. 둘은 창가 자리에 나란히 앉아 목소리를 낮춰 대화하기 시작했다. 무슨 일이냐고 물었고 은아는 설명했다. 휴대폰을 하다가 혜란에게 머리채를 잡혔고 혜란이 휴대폰을 내던져 버린 탓에 휴대폰이 고장이 났다는 것. 그래서 오늘 MP3를 들고나와 노래를 들으며 공부했다는 것. 현준이 하원 시간 알림을 오후 10시로 맞춰 줄 터이니 1시간 일찍 나가 은영과 대화할 시간을 갖게 해 주었다는 것. 그 모든 것을 가만히 듣고 은영이 내뱉은 첫마디는 이거였다.

"너는 엄마가 우리에게 하는 게 잘못되었다고 생각하지 않아?"

은아는 이미 울고 있었고 은영은 다음 문장을 내뱉으며 울기 시작했다.

"너 내가 왜 캐나다로 유학 갔는지 알아? 엄마한테 안 맞으려고 간 거야. 우리 엄마? 더하면 더했지 덜할 사람 아니라는 거 너도나도 알잖아. 나 초등학생 때 매일같이 상상했어. 여기 아파트에서 뛰어내리면 편해질까, 그럼 엄마한테 안 맞을 수 있을까 하고. 그러니까 이건 폭력이 맞다고. 엄마가 우리한테 이렇게 하는 건 잘못된 거잖아."

나만 도망쳐 나온 거였다. 나만 살겠다고, 은아를 버리고 도망친 건 나였다. 은아는 거기서 오롯이 아파했겠지. 은아를 버린 건 나. 은아를 지키지 못한 건 나였다. 내가, 내가 지키지 못한 내 동생. 내 동생은 스스로를 지키려고 발버둥 치다가 여기까지 온 것. 나는 은아를 지키지 못했다. 은영은 은아를 구하지 못했다는 생각에 계속 눈물이 났다. 자신도 고작 스물다섯 살이었는데. 열여섯 은아를 지키지 못한 자신에 대한 원망은 불어나기만 했고 그 불어난 마음은 눈물로밖에 나오지 않았다.

　은아는 아무 말도 하지 않았다. 그저 계속 울기만 했다. 울고 울고 울었다. 카페에 배치된 휴지를 가져와 눈물 콧물 닦는 데에 썼고 다 쓰면 또 휴지를 가져왔다. 그 휴지는 또 젖었고 또 다른 휴지를 가져왔다. 어둑한 밖으로 아이들이 슬슬 쏟아져 나오기 시작했다. 오후 10시가 되어 간다는 걸 알 수 있었다. 어두운 하늘 위론 별 대신 허연 가로등이 줄지어 빛나고 있었다.

9월 1일

집에 가서도 잠은 안 오고 눈물이 계속 났다. 4시 조금 전까지 울다가 쓰러져 잔 것 같다. 슬프고 무기력하다. 예전의 의지 넘치고 뭐든 열심히 하던 나는 어디 갔을까,라는 생각을 자주 한다.

왜 이러고 살지.

눈을 감으면 자꾸 내가 베란다에서 뛰어내리는 모습이 그려진다. 가슴이 근질거리게 울컥했다. 눈을 감으면 눈물이 나고 눈을 뜨면 눈이 아팠다.

다음 날 퍼펙티에 가자 현준은 태연하게 물었다.

"언니는 잘 만나고 갔어?"

은아는 표정 변화 없이 고개만 끄덕였다. 은아는 늘 그랬다. 기뻐해야 할 일에 기뻐할 줄 알았지만 슬퍼해야 할 일에 슬퍼할 줄은 몰랐다. 누구보다 슬픔이 가득한 눈동자를 지닌 채 세모나게 웃었다. 아파 보였다. 입꼬리, 머리, 허리, 어깨, 온몸이. 마음이. 가끔씩 눈이 그렁그렁한 채 독해 문제를 풀었지만 결코 눈물을 흘리지는 않았다. 눈물이 흐를 것 같으면 고개를 푹 숙인 채 화장실에 다녀온다고 했다. 조금 있다 본 은아는 아무렇지 않은 듯 행동했다.

"머리 아픈 건 좀 괜찮아?"

은아는 아주 살짝 입꼬리를 올리며 끄덕였다.

attribute

contribute

distribute

현준은 그날 수업 중 세 단어의 뜻을 구분하여 화이트보드에 적었다. 그리곤 하나씩 지워 가며 뜻을 암기시켰다. 때문이다, 기여하다, 분배하다. 때문이다, 기여하다, 분배하다. 세 단어 중 한 단어가 나올 때마다 현준은 이 세 단어 묶음을 화이트보드에 적고 또 적었다. 적고선 학생들에게 뜻을 물었다. 그럴 때마다 가장 먼저 대답하는 건 늘 은아였다. 때문이다, 기여하다, 분배하다.

하루는 은아가 그 뜻을 틀리게 말한 적이 있었다. 헷갈렸겠지, 애초에 헷갈리니까 구분하라고 세 단어를 묶어 적는 것이기도 했고. contribute와 distribute의 뜻을 뒤바꿔 말한 은아를 현준은 혼냈다. 정신 차리라고, 지금 너 고3 앞두고 있다고. 이걸 아직까지 헷갈려서 어떡하냐고.

은아는 평소와 다르게 후두득 울었다.

눈물을 흘리는 은아를 보며 현준은 당황했다. 몇 년간 은아를 셀 수 없이 혼내 왔지만 은아는 울지 않는 아이였다. 애초에 혼날 일을 만들지 않으려고 스스로 애쓰기도 하고, 한번 혼내면 같은 실수를 반복하지 않기 위해 최선을 다해 노력하는 아이였다. 그런 은아가 갑자기 울기 시작했다. 뺨을 지나 턱끝으로 빠르게 흐른 눈물은 점점 더 늘어만 갔다. 현준이 휴지를 건넸고 은아는 소리 없이 흐르는 눈물과 콧물을 닦았다.

강의실에는 휴지 부스럭거리는 소리와 현준의 발소리가 전부였다.

그날 수업이 끝나고 은아는 단어 암기 재시험을 보기 위해 남아 있었다. 등원할 때마다 보는 단어 테스트를 그 즈음 은아는 매번 통과하지 못했다. 그래서 재시험을 위해 늘 열 시 이후까지 학원에 남아 있었다. 그날도 마찬가지였다. 은아는 조용히 단어를 외웠고 현준은 옆에서 내신 자료 만드는 작업을 했다. 키보드 소리와 사각거리는 샤프 소리. 은아는 재시험을 커트라인에서 한 문제 더 맞혀 통과했다. 은아의 재시험이 끝나야 현준도 퇴근할 수 있었기에 채점을 마치고 현준도 가방을 챙기고 있었다. 그러던 도중 은아가 한마디를 뱉었다. 선생님께 할 말이 있다고.

최근 친언니와 함께 정신과에 다녀왔다는 이야기를 꺼냈다. 우울증이 심해 공부에 집중하기가 어렵다고, 하지만 열심히 하고 있다고 했다. 엄마는 이걸 모르신다고, 언니와 둘이서 병원에 다녀왔다고. 엄마가 알면 안 된다고 했다. 그러니 선생님이 조금만 도와주면 좋겠다고. 죄송하다고 했다.

현준은 별로 놀라지 않은 척 답했다.

"그게 그렇게 말하기 어려웠어? 나한테는 뭐든 말해도 돼."

은아는 고개를 푹 숙이고 있었다. 눈물이 나오는데 참고 있는 것인지, 그냥 고개를 숙여 버린 것인지, 눈물이 흘러서 신발만 바라본 것인지 잘 모르겠다.

은아에게선 이따금 장문의 메시지가 왔다. 한 화면에 다 볼 수도 없을 만큼 긴 문자를 밤에 갑자기 보내왔다. 그날도 마찬가지였다. 어머니로부터 계속해서 미친년이라는 말을 듣고 있다고, 지금까지 공부한 게 억울해서라도 살아서 수능을 보고 싶은데 그게 될지 모르겠다고, 그리고 죄송하다고. 그날따라 어쩐지 싸한 기운을 느낀 현준은 은아에게 곧바로 전화를 걸었다. 현재 전화를 받을 수 없다는 기계음을 듣고는 곧바로 끊고 다시 한번 더 전화를 걸었다. 기계음만 반복되었다. 은아에게 한 번 더 전화를 걸어도 될까, 고민하다가 답장을 치기 시작했다. 속이 울렁거리는 기분이었다. 마음에 걸린다 해서 해 줄 수 있는 게 없기 때문이었을 것이다. 강사의 본분은 수강생에게 양질의 강의를 제공하는 것 그 이상도 이하도 아니니까, 자신이 보내려는 답장은 그 본분 이상의 것을 행하는 것 같았으니까. 자신에게 주어진 일보다 더 많은 일을 해야 해서 싫은 게 아니었다. 그저 자신이 어디까지 개입해도 되는지, 자신이 어디까지 간여해도 되는지 고민하고 있었을 뿐이다. 은아에게 공부보다 삶이 중요하다는 말이 과연 가치가 있을지, 그 말이 은아에게 가닿긴 할지, 닿는다면 어떤 형태로 닿을지 그런 것들을 한참 고민하다가 메시지 전송 버튼을 눌렀다.

쌤도 알지. 은아가 가장 힘들 거고.

너를 아낀다는 말로 너의 짐을 덜어 줄 수 없다는 거… 아무것도 해 줄 수 없어서… 그게 젤 맘 아프다.

아프면 아프다고 이야기해야 하는데… 주위 사람들의 적극적인 도움을 받아야 하는데… 너 혼자 모든 걸 안고 있으니.

성적도 중요하지만… 일단 쌤은… 은아가 살았으면 좋겠다.

우리 은아 밝게 웃으며 행복했으면 좋겠어.

네가 나에게 죄송할 건 없어. 넌 항상 나에게 멋진 학생이었으니.

"은아의 모든 선택을 쌤은 응원할 거야."

한번은 현준이 은아에게 이렇게 말한 적이 있다.

은아는 그 말을 듣자마자 생각했다. 죽으려는 선택도요? 내가 나를 죽이려는 선택도요?

은아에게 그건 선택이 아니었다. 죽음은 선택보단 강요나 압박에 가까웠다. 선택지가 있어야 선택할 수 있다. 선택지가 하나밖에 없는, 배점 100점짜리 문제를 풀어야 한다면, 그 답을 '선택'했다고 할 수 있을까? 애초에 선택지는 죽음이라는 1번 하나뿐이고 그게 맞는지 틀렸는지 모르겠는 와중에 남은 시험 시간은 촉박하게 줄어든다. 그럼 1번을 체크하고 OMR 카드 1에 검게 칠하는 수밖에 없다. 그게 오답일지언정 그럴 수밖에 없다. 1번을 체크하고 0점을 받든, 아무것도 칠하지 않고 0점을 받든 어쨌든 간에 처참한 점수를 받는 시스템이라면, 1번은 은아의 온전한 선택이라고 할 수 없는 노릇이었다.

은아는 늘 현준에게 아주 옅은 웃음과 함께 괜찮다는 말을 했다.

"저는 괜찮아요."

괜찮다는 말밖에 출력할 줄 모르는 로봇처럼 말

하는 은아에게 했던 말이었다. 모든 선택을 응원한다는 말. 사실 현준 자신에겐 그렇게까지 무게감 있는 말은 아니었다. 그저 한 인간이 다른 인간을 응원할 때 사용하는 흔하디흔한 관용구 중 하나였다. 은아가 이따금 손목에 자해를 하고 어머니 몰래 정신과를 다닌다는 것은 알고 있었다. 다른 것은 몰라도 자해에 관해서 은아 어머니에게 알려 줘야 하지 않을까 고민하던 시기가 있었다. 잘 보이는 왼쪽 손목에 늘 밴드를 붙이고 다니는 은아를 보며 한편으론 은아 어머니도 이미 알고 있을 거라 생각하기도 했다. 하지만 모른다면, 혹은 만약에 모른 체하는 것이라면 자신의 말이 조금은 의미 있지 않을까 생각했다. 휴대폰 연락처를 쭉 내려 '퍼펙티-고은아 어머니'라고 저장된 번호를 찾았다. 녹색 통화 버튼을 누르려다가 말다가, 그렇게 이십여 분을 망설였다. 괜히 은아 어머니가 학원을 상대로 컴플레인을 걸면 이래저래 곤란해질 수 있었다. 자신이 어디까지 개입해야 하는지, 은아를 얼마나 도와야 하는지 고민하다가 결국 휴대폰 화면을 껐다. 은아 어머니에게 전화는 하지 않기로 마음먹었다.

'언니 나 정신과에 가고 싶어.'

오후 4시 반 즈음 잠에서 깨 뒤척이던 중 은아로부터 메시지 한 통을 받았다. 저 문자를 보내기까지 분명 은아는 셀 수 없는 시간을 망설였을 것이다. 머뭇거렸을 것이다. 어쩌면 2년 전 카페에서 나란히 앉아 이야기를 나누던 그날처럼 울었을까. 눈이 부은 채로 나에게 연락했을까. 은아도 나처럼 죽고 싶었을까, 아니 지금 죽고 싶은 걸까. 죽으려고 했을까, 은아는. 나는, 죽으려고 했던가.

은아가 구해 달라고 하는 것 같았다. 서둘러 답장을 보내야 한다는 마음에 조급해졌다. 어깨와 가슴 언저리가 뜨겁게 시큰거렸다. 묻고 싶은 건 많았지만 물을 수 있는 건 없었기에 은영은 집 주변에 위치한 세 개의 정신 건강 의학과를 검색해 보냈다.

'이 중에 은아가 가고 싶은 곳을 같이 가자.'

은아로부터의 답장은 아주 금방 왔다. 목록 중 첫 번째에 전화를 걸어 초진 예약을 잡았다. 다다음 주쯤에야 가능하다는 말을 듣고는 우선 그때로 잡아 달라고 했다.

초진까지는 10일 남짓 남아 있었고, 그 사이에 은아가 죽어 버릴까 걱정했지만 은아는 죽지 않았다. 은영과 은아가 함께 간 정신 건강 의학과는 집에서 걸어서 10분 정도 거리에 위치해 있었다. 문 옆의 기다란 버튼을 누르니 희뿌연 자동문이 열렸다. 수많은 진료 대기자들이 있었다. 은아가 엉거주춤 서 있는 동안 은영은 데스크로 가 접수를 했다. 둘은 코너에 위치한 소파 끝자락에 겨우 몸을 붙여 앉았다. 은아는 언뜻 봐도 긴장해 있었다.

"은아야."

"응?"

"병원에 왔다고 많은 게 바뀌진 않을 거야."

은아의 긴장을 풀어 주기 위해서인지 그저 그 말을 하고 싶었던 것이었는지 구분이 잘 안 갔다. 15분 정도 기다리자 데스크에서 이름을 불렀다. 고은아 환자분, 진료실로 들어가세요. 은아는 무표정이었다. 감정이 지워진 얼굴을 한 은아는 진료실로 걸어 들어갔다. 진료실 안에는 의사 가운 안에 회색 폴라티를 입은 혜란과 비슷한 나이대로 보이는 중년 여성이 앉아 있었다. 의사의 모습이 혜란과 자꾸 겹쳐 보였다. 어떻게 왔냐는 의사의 질문에 은아는 아주 잠깐 고민했다. 죽고 싶다는 말이 죽어도 입 밖으로 나오질 않아서 그냥 대사를 읊듯 기분이 계속 안 좋다고 말했다. 기분이어느정도로떨어져서그위로올라오지않는것같아요라고 말하면서 머릿속으로 이따위 것 하나 제대로 못 하는 나는 죽어도 된다고 생각했다. 의사는 타자를 몇 번 쳤고 진료는 아주 빠르게 끝났다.

한 손에 약 봉투를 들고나온 은아는 물끄러미 바닥만 바라보았다. 이른 출근을 하러 길 건너 정류장으로 향하는 은영의 뒷모습을 보다가 가만히 서서 바닥의 벽돌 무늬를 하나하나 세었다. 8차선 도로 건너편으로 은영의 실루엣이 보이다가 초록색 버스가 지나가자 그 모습도 사라졌다. MP3 전원을 켜 줄 이어폰으로 노래를 재생했다. 채연에게 문자를 보내야겠다고 생각했다.

'나 정신과에 다녀왔어. 엄마 이야기를 했어.'

채연은 답장이 없었다.

"상처 좀 보여 줄 수 있나요?"

은아가 셔츠 소매를 걷어 왼쪽 손목을 드러냈다.

"그렇게 심하진 않네요."

스스로를 해하는 데에도 경중이 있다는 건 참 잔인한 일이라고 생각했다. 그 뒤로도 몇 번 의사는 은아에겐 아픈 말들을 무심히 뱉었다. 여러 봉지의 약을 먹은 은아에게 그 정도 먹어선 죽지 않는다며 죽기는 생각보다 힘들다고 했고, 어느 날은 어머니를 이해하려는 노력을 해야 한다며 평소보다 격양된 목소리로 말하기도 했다. 병원 바로 앞에는 버스 정류장이 있었고 파란 버스를 타면 집에서 가장 가까운 한강대교로 갈 수 있었다. 대교까진 30분, 지금까지 아파 온 건 몇 년. 30분, 길어 봐야 한 시간이면 다 끝날 텐데. 자꾸 그쪽이 더 유용해 보였다.

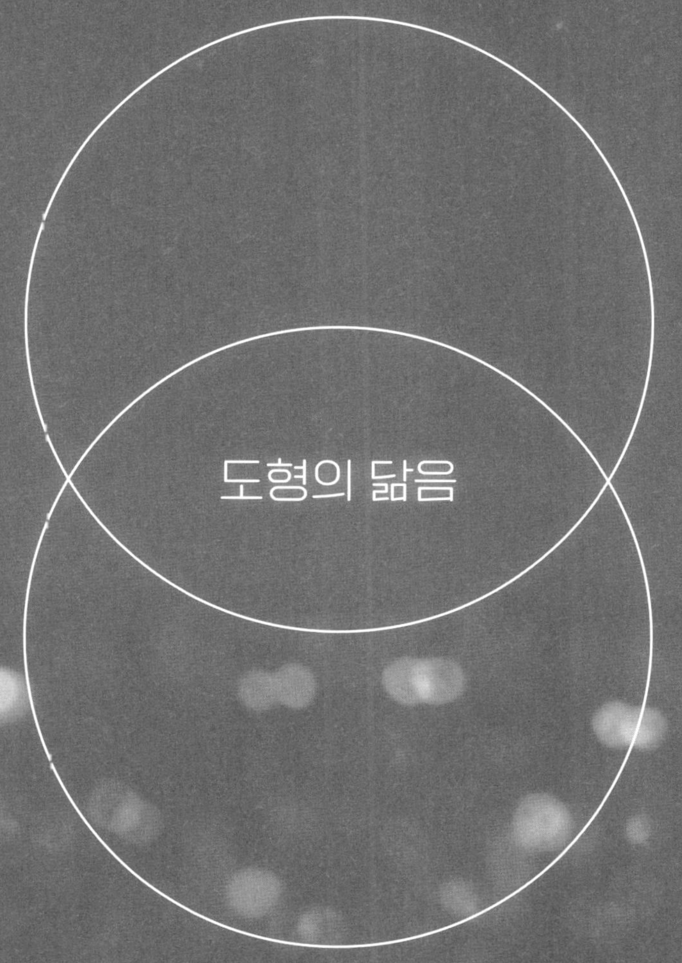

도형의 닮음

왜 나는 항상 한 박자 늦는 걸까.

왜 나는 네가 말해 주기 전까지 알아채지 못하는 걸까.

인내와 좌절, 그 사이가 아니라 어째서 생과 사의 사이에 열아홉 살의 아이가 있게 된 걸까. 고작 열아홉 살인 우린 왜 이렇게 되었을까. 어쩌다 이렇게 되어 버린 걸까, 은아야. 은아야, 은아야, 너는 알고 있어?

어머니가 돌아가셨어. 초등학교 2학년 때. 어른들은 혀를 끌끌 차며 나더러 불쌍하다고 했어.

"아이고 쯧쯧, 저거 채연이는 어떡하나."

"지 아빠랑 살아야지 뭐."

"그래도 엄마가 있어야지, 딸내미인데."

"조용히 하고 얼른 밥이나 먹어."

장례식장이 뭔지도 몰랐고 죽음이 뭔지도 몰랐던 나는 왜 그런 말을 들어야 하는지도 몰랐어. 그 뒤론 너도 알다시피 아버지, 할머니와 함께 생활했어.

사실 존나 부러웠어. 너의 토로, 하물며 눈물 섞인 절규를 들었을 때도 난 네가 부러웠어. 내 어머니의 부재는 작은 문제, 네 어머니의 폭력은 큰 문제 같아서. 이건 어디까지나 나 혼자 한 생각일 뿐이야, 알지? 너라면 내가 무슨 말을 하려는지 분명 잘 이해하고 있겠지만.

너에게 사랑한다고 말하시는 너희 어머니를 보며 나는 의문이 들었어. 어째서 사랑받는 아이도 불행할 수 있지. 그러니까, 내가 네게 이 편지로 하고 싶은 말은 미안하다는 말이야. 나는 널 몰랐어. 지금도 모르고 앞으로도 모를 거야. 하지만 네가 아파하고 있다는 걸 알아. 그걸 나는 네 옆에서 너무 여실히 봤어. 아파하는 너를 봤고, 너를 아프게 하는 사람을 봤고, 그 사람 안에 너 자신이 들어 있는 것도 봤어.

미안해.

내가 해 줄 수 있는 게 몇 없어서 미안. 네가 내게 남겼던 보고 싶어,라는 그 간단한 문자에 서둘러 답해 주지 못해서 미안.

늘 네가 참 멋지다고 생각했어. 초등학생 때 학교 신문에서 '초1 수학 올림피아드 여학생 부문 1위 고은아'라는 기사로 너를 처음 알았지. 2학년 때엔 옆 반에 중간고사 올백을 맞은 애가 있다고 들었고 머지않아 그게 은아 너라는 걸 알게 되었어. 6학년 때 전교회장이 되었던 너, 중학교에 올라가서도 선생님들께 예쁨 받던 너, 학부모 모임에서 빠지지 않고 꼭 등장하는 네 이름, 그런 것들을 기억해. 언제나 웃고 있었고 매사에 열심이고… 또 체육 과목을 유독 싫어하던 너를 기억해. 네가 맨날 나한테 우스갯소리로 그랬잖아, 피구는 너무 반인륜적인 스포츠라고. 실수로 공을 맞아도 아픈데, 피구는 애초에 공으로 사람을 맞추는 게 목적인 스포츠니까, 이보다 더 비인간적일 수 없다고. 체육 선생은 시간이 남으면 늘 우리에게 공 하나를 던져 주곤 피구를 시켰고, 책상 앞에 앉아 있는 것보단 그 시간을 더 좋아하던 나는 네 이야기에 웃으며 그래도 피구 재밌잖아,라고 답했어. 미안해.

너희 어머니가 날 싫어한대도 솔직히 난 상관없었어. 우리가 전화를 오래 하고 집에 늦게 들어갔던 날, 너희 어머니가 나를 향해 엄청나게 욕을 퍼부으셨다며. 그 친구 누구냐고, 그년은 애라도 가졌냐고, 뭐 그렇게 할 얘기가 많냐고. 지금 시험 기간인데 정신 못 차리고 둘 다 그러고 살 거냐고, 그럴 거면 그냥 둘이 같이 죽으라고. 나는 상관없었어, 은아야. 네가 어찌나 화가 나 보였던지 나는 너를 달래 주기 바빴지. 난 사실 네 어머니란 인간이 나더러 뭐라 하든 상관없어. 내가 화가 난 지점은 널 향한 것들이었지. 내가 임신을 했든 말든, 공부를 잘하든 못하든, 제정신이든 아니든 그걸 가지고 뭐라 하시는 건 정말이지 아무 상관없어. 근데 난 너희 어머니가 너한테 죽으라고 한 게 자꾸 마음에 남아서 아파. 같이 죽으라고 한 거, 난 죽어도 돼. 난 너네 어머니 머릿속에서 죽은 년이어도 괜찮아. 하지만 넌 아니잖아. 넌 자식이잖아. 넌 은아 잖아.

그 뒤로 네 손목에 자꾸 남던 자국에 난 자주 슬퍼졌어. 바이올린을 연주하면서 셔츠 소매를 자주 걷어야 했던 너는 손목에 늘 밴드를 붙이고 있었지. 그 밴드에 대해 물어보는 친구는 몇 없는 것 같아 다행이었지만… 그게 다행인지 아닌지는 오직 너만이 알고 있었겠고. 내가 할 수 있는 거라곤 약국에서 알코올 솜, 연고와 밴드를 사다 주는 게 전부였는데, 고작 그거에 그렇게 고마워하는 네 얼굴이 너무 슬펐어.

슬픈 걸 티 내지 않으려고 입꼬리를 겨우 올리던 네 미소가 너무 슬펐어. 바이올린을 켤 때만큼은 정말로 기쁘다며 관현악부 연습이 잡힐 때마다 웃던 네 미소가 너무 예뻐서 슬펐어. 그 미소 끝에 새어 나오는 꼬깃꼬깃하게 구겨진 눈물이 슬펐어. 하지만 나는 몰랐지. 네가 얼마나 더 많은 시간을 혼자 울었을지. 나는 몰라, 평생 몰라. 알 수 없을 거야.

미안해.

우리 집 앞에 대학병원이 있잖아. 자려고 불을 끄고 방에 누워 있으면 가끔씩 급박한 구급차 소리가 들려. 난 그 안에 네가 있을까 봐, 죽어 가는 너를 태우고 가는 차일까 봐 가끔씩 너무 무서워. 들을 때마다 사이렌 소리가 꼭 비명 같아. 이따금 죽어 가는 너를 상상하다가 너무 무서워서 눈을 감으면 눈물이 났어. 소식이 없는 네가 소식을 전할 수 없는 상황은 아닌지. 이젠 널 안을 수 없게 된 건 아닌지 무서워. 널 못 믿는 게 아니라 널 믿어서 무서워. 꿋꿋이 살아갈 거라고 믿었는데 타살될까 봐 무서워. 네가 떠나지 않았으면 좋겠어. 마냥 내 욕심이겠지만, 그래도.

네 팔에 너무 깊은 우울을 남기지 말아줘. 고층에 가지 말고 그냥 올려만 봐. 약은 나으려고 먹는 거잖

아. 잠들려고 먹지 말아. 내가 늘 말했지. 혼자 외롭게 죽지 말라고. 차가운 아스팔트 바닥에서 모르는 사람들한테 둘러싸인 채로 소란스럽고 어수선한 죽음을 맞이하지 말라고. 수없이 머뭇거리다가 결국 결심한 것이 스스로의 죽음이 아니길 바란다고. 따뜻한 침대에서, 사랑하는 사람들 곁에서 그렇게 행복하게 따스하게 눈감으라고. 그게 언제가 되었든.

우리 탓 아니야. 우린 잘못 없어. 너희 어머니의 욕으로 가득한 그 말과 점점 좁혀지는 강요와 압박. 그런 건 결국 폭력이 되었고 너는 상처받을 수밖에 없는 작은 존재야. 내가 중학교 때 센 척하면서 지랄했던 거, 그거 사랑받지 못해서 그런 거야. 어쩔 수 없는 거야. 난 혼자인 게 무섭고 넌 어머니가 무섭고, 이건 당연한 거야.

그러니 은아야, 만약에. 정말 아주 만약에, 네가 죽게 된다면. 혹여나 그렇게 된다면 네 우울은 전부 내려놓고 가. 그 대신 행복으로 가득 채워서 가. 널 원망하지 않을게. 널 원망하지 않고 그냥 안아 줄게.

미안해.

채연과 은아는 초등학교, 중학교, 고등학교 모두 같은 학교를 다닌 동창이었다. 은아는 초등학생 때부터 공부를 잘하기로 유명했지만 채연은 평범했다. 하교 시간이 되면 학교에서 버스로 한 정거장 거리에 있는 문구점에 가 불량식품을 즐겨 사 먹었고 과목 중엔 체육 시간을 가장 좋아했다. 초등학생 때까지 둘은 그저 서로의 존재를 알고 있기만 하는 정도였다. 은아는 채연을 급우 정도로 알았고 채연은 은아를 체리색 안경을 쓴 공부 잘하는 애로 알았다. 초등학교 저학년 때부터 각종 학원을 다니고 학원 숙제를 하던 은아 옆에서 채연은 간단한 학습지를 풀었다. 채연은 은아를 부러워하지 않았고 그건 은아도 마찬가지였다. 둘이 본격적으로 가까워지기 시작한 건 중학교 2학년 때였다.

열다섯 살에 다시 같은 반이 된 채연에게 은아가 먼저 다가가 인사를 건넸다. 너 나랑 같은 초등학교 나왔지. 밝게 웃는 은아를 마다할 사람은 없었다. 그렇게 둘은 2학년 2반에서 급식을 같이 먹는 친구가 되었다. 하루는 은아가 채연을 집으로 초대했고 혜란이 닭볶음탕을 만들어 주었다. 둘은 달달하게 양념된 닭볶음탕을 먹으며 요즘 유행하는 아이돌이 누구네, 옆 반에 누가 그 옆 반 누구랑 사귄다네 같은 이야기들을 했다. 그렇게 이야기를 나누고 있으면 꼭 정말 열다섯 같았다. 또래처럼 생각하고 말할 시간이 별로 없었으니까.

그러다가 채연이 실수로 유리잔 하나를 깨뜨렸다. 가방을 들다가 팔꿈치로 책상 모서리에 있던 잔을 건드려 바닥으로 떨어진 것이다. 그 순간 은아는 사색이 되었다. 혜란이 자신을 향해 어떤 말을 퍼부을지 뻔했기 때문이다. 하지만 혜란의 반응은 예상과는 정반대였다. 안 다쳤니? 컵은 깨질 수 있지, 묻는 혜란을 보며 아주 의아했다. 저럴 리가 없는데, 생각했다.

채연이 집에서 나가자마자 예상대로 혜란은 은아를 몰아세우기 시작했다.

"니가 깨뜨렸니, 아님 친구가? 저 잔이 얼마짜린지 알기나 하니? 무슨 저런 칠칠맞지 못한 병신 같은 애를 친구라고. 너 쟤랑 놀지 마."

분명 제일 좋아하는 친구인데, 그 이후로 좋아하는 친구를 좋아한다고 말하면 혼났다. 좋아하지 않는 친구를 좋아한다고 말하면 칭찬받았다. 그렇게 채연을 혜란의 기억 속에서 삭제시키려고 애썼다. 왜냐하면 채연 이야기를 꺼낼 때마다 혜란은 "아 그 병신 같은 애?"라고 응대했기 때문이다.

그렇게 둘은 혜란에게만 보이지 않는 우정을 몇 년간 쌓았다. 친구들도 선생님들도 은아와 채연이 절친이라는 걸 알고 있었다. 혜란만 모르는 듯했다. 혜란이라면 알면서도 모르는 척했을 수도 있지만.

은아가 관리형 독서실에서 집 근처 일반 독서실로 옮겨 둘은 같은 독서실에서 공부하게 되었다. 은아가 졸음을 깨기 위해 편의점에 커피를 사러 갈 때면 채연이 따라붙어 함께 초콜릿을 샀고, 채연이 안약을 사기 위해 약국에 갈 때면 은아가 따라붙어 복숭아 맛 포도당 캔디를 사곤 했다. 채연은 은아에게 자신이 쓰는 안약을 추천했다. 은아가 자꾸 이름을 잘못 말하자 채연은 그냥 약국 가서 '초록색 향수병같이 생긴 눈 시원해지는 안약'을 달라고 하면 줄 거라고 했다. 눈에 한두 방울 넣으면 눈이 시원하니 잠이 깨는 기분이 든다고 했다. 민트 사탕을 먹고 있던 은아는 채연이 말한 그대로 기억하기 위해 애썼다.

하루는 은아가 독서실에 있던 채연을 데리고 엘리베이터로 향했다. 은아는 망설임 없이 가장 꼭대기 층인 11층을 눌렀고 11층에 내린 둘은 계단으로 한 층을 더 올라갔다. 끼익 소리가 아주 작게 나는 철문을 열자 천장이 없는 옥상이 있었다. 탁 트인 곳이 오랜만이었던 채연은 은아가 옥상을 처음 발견한 때처럼 기뻐했다. 여길 어떻게 알았대. 하늘은 컴컴했지만 옥상에 조명이 있어 어둡지 않았다. 채연은 조명을 향해 날아드는 날벌레에 미간을 찌푸렸다가 그보다 멀리 빛나는 인공위성과 별을 보곤 살짝 웃었다. 뒤돌아 은아를 보니 은아는 난간에서 아래를 내려다보고 있었다. 눈이 마주치니 활짝 웃었다. 은아는 늘 그렇게 웃었다. 입이 세모난 모양이 되게, 눈이 살짝 접히게. 그렇게 활짝 웃는 은아는 아무 걱정 없이 천진해 보였다. 은아의 손목에 붙어 있던 밴드가 약간 축축해져 있었다. 은아는 그걸 모르는 것처럼 행동했다.

은아가 자해를 하는 건 한참 전부터 알고 있었다. 하지만 무어라 말할 수가 없었다. 가장 친한 친구로서 할 수 있는 게 없는 현실은 스스로를 무력하게 만들었다. 어쩌다 다쳤냐는 고사하고 상처에 대한 언급조차 할 수 없었다. 질문 자체가 은아에게 또 다른 상처가 될 것 같았다. 그렇다고 마냥 모르는 척하는 것 또한 상처가 될 것 같았다.

초록색 향수병 모양 안약을 또 사러 약국에 갔을 때 방수 밴드가 눈에 들어왔다. 은아가 손목에 붙이고 다니는 밴드는 흰색에 보풀이 아주 쉽게 이는 것이었다. 방수 밴드 포장지에는 매끈한 밴드 표면이 상처 부위에 밀착되어 오래 사용할 수 있다고 적혀 있었다. 이거라도 주고 싶어서 그 밴드도 같이 샀다. 약국에서 나와 독서실을 향해 몇 걸음 가다가 뒤를 돌아 약국으로 다시 들어갔다. 일회용 알코올 스왑과 상처에 바르는 연고를 사서 나왔다. 독서실에 은아는 아직 없었다. 학원이 늦게 끝나는 모양이었다. 요즘 단어 테스트를 계속 통과하지 못한다며 속상해하던 게 떠올랐다. 은아 자리에 약국에서 산 것들이 담긴 봉지를 걸어 두고 나왔다. 그게 채연이 할 수 있는 전부였다. 그게 채연이 건네는 가장 담백한 방식의 우정이었다.

관현악부였던 은아는 합주 때문에 자주 이른 등교나 늦은 하교를 했다. 그에 반해 과학 실험부였던 채연은 동아리 모임이 거의 없었다. 따로 시간을 내 만나는 일은 일절 없었고 동아리 시간 내 과학 실험도 몇 번 하지 않았다. 동아리 활동 시간으로 주어지는 목요일 6, 7교시엔 대부분 한 교실에 모여 자습을 했다. 채연은 과학 실험부를 그냥 '자습 동아리'라고 했다.

　채연은 초중고 시절 내내 굳건히 이과를 지망했다. 하고 싶은 게 뚜렷하지 않지만 성적은 제법 좋았던 은아와는 반대로 하고 싶은 건 제법 뚜렷하지만 성적이 그렇게까지 좋진 않았던 채연이었다. 채연은 늘 과학수사연구원이 되고 싶어 했다. 어렸을 적부터 미국 과학수사 드라마인 CSI나 국내 의학 드라마, 범죄 드라마 들을 보는 것을 좋아했다. 심지어는 밥을 먹으면서도 잔인한 범죄심리학 영상들을 보곤 했다. 하고 싶은 게 확실하고 좋아하는 게 확실했던 채연은 성적이 좋은 은아를 부러워했다. 은아는 자신에겐 없는 확실한 목표와 미래에 대한 희망을 가지고 있는 채연이 신기했다.

중학생 때 채연은 같은 반 친구에게 "네가 국과수를 어떻게 가, 절대 못 가" 식의 말을 들었다. 그날 채연은 엄청나게 울었다. 그 말이 짜증 나기도 했지만 자신도 그렇게 생각하는 부분이 없지 않아서였다. 내가 국과수를 어떻게 가, 내가 과학수사연구원이 어떻게 돼. 나는 공부도 못하는데. 스스로 내세울 건 없으면서 자존심만 더럽게 높아서 이 모양이라고 생각했다. 그럼 공부를 더 열심히 하면 되는 일이라고 생각하면서도 스스로 만족할 때까지 노력하지 않는 자신이 가장 싫었다.

엄마 없이 커서 그래,라는 소리를 듣지 않으려고 아득바득 애를 썼다. 한 부모 자녀라 얼굴에 그늘이 졌다는 말은 절대 나와선 안 됐다. 채연은 어머니의 부재를 친구들이 알게 되는 것이 싫어 좀처럼 집에 친구를 초대하지 않았다. 은아의 집에 놀러 갔을 땐 집에서 나는 그 옅은 찌개 냄새와 부스럭거리는 온기가 부러웠다. 실수로 컵을 깨뜨렸을 때 은아 어머니가 달려와서는 다친 덴 없냐며 묻고는 컵을 치워 주는 게 부러웠다. 은아의 삶이 그런 것들로 이루어졌다면 평생 은아를 부러워하며 살 것이라 확신했다.

'나 정신과에 다녀왔어. 엄마 이야기를 했어.'

은아에게서 어느 날 도착한 문자. 이 문자를 보며 채연은 그저 순도 높은 부러움을 느꼈다. 은아가 어머니로 인해 스트레스를 받는다는 건 알고 있었다. 하지만 너무 어려서부터 그 존재 자체의 부재를 경험한 채연에겐 은아의 말이 잘 와닿지 않았다. 어쨌든 힘든 것도 힘들어할 만한 것이 있어야 힘들 수 있다. 자신에겐 그게 없다고 느꼈다. 그럼에도 채연도 막연히 힘들었다. 무엇 때문에 힘든지는 모르겠지만 그냥 힘들어서 힘들었다.

은아가 부러웠던 또 하나의 이유는 이것이기도 했다. 탓할 상대가 있는 것. 누구 때문이야, 무엇 때문이야라는 말을 할 수 있는 것이 얼마나 큰 특권인지 은아는 모를 터였다. 왜냐하면 은아는 그게 없어 본 적이 없으니까. 은아가 말하는 가족사를 들으며 한동안은 위선이라고 여겼다. 그게 위선이 아니라 그저 고통이었음을 깨닫는 데에는 제법 오랜 시간이 걸렸다. 중학생 때엔 충동적으로 은아에게 화를 낸 적도 있었다. 힘들다고 말하는 은아에게 좋겠다고 했다. 그 말이 튀어나올 줄은 몰랐는데 정신을 차려 보니 얼굴이 일그러진 은아가 앞에 있었다. 가끔씩 그 순간을 회상하며 채연은 자신의 괜한 자존심에 대해 생각하곤 했다. 그 순간을 곱씹다 보면 혀끝에서 쓴맛이 느껴지는 것 같았다. 싫었다.

인간이 다른 인간을 온전히 이해한다는 것이 과연 가능할까. 채연은 은아를 이해할 순 없어도 공감할 수 있었다. 가족의 존재와 부재에서 비롯되는 괴로움과 외로움. 도망칠 수 없는 집으로 돌아가야 하기에 괴로운 은아가 있었고 아무도 없는 집으로 돌아가야 하기에 외로운 채연이 있었다.

채연은 은아에게 웬만해선 불편한 티를 내지 않았기 때문에 은아는 채연이 어떤 생각을 하는지 잘 몰랐다. 더불어 은아에겐 채연을 짐작할 여력이 부족하기도 했다. 하지만 어머니의 부재에 대한 이야기를 듣고선 계속해서 마음 한구석이 쓰렸다. 내가 어머니에 관해 말하는 게 채연에겐 또 다른 상처가 될까, 생각했다. 하지만 은아의 세상에서 어머니는 도무지 도망칠 수 없는 하늘이었기에 계속해서 어머니에 대한 이야기를 채연에게 털어놓을 수밖에 없었다. 은아가 사는 세상의 모든 천장엔 혜란이 있었다. 혜란은 은아가 어디를 가든 따라왔다. 낮이든 밤이든 매일 다른 구름의 얼굴로 쫓아왔다. 채연에게 혜란 이야기를 할 수밖에 없었다. 동시에 채연은 그 이야기를 듣고 있을 수밖에 없었다.

둘은 누구보다 서로에 대해 잘 알았고 동시에 서로에 대해 조금도 몰랐다. 둘은 극명하게 다르게 자랐고 그렇기에 어느 누구보다 닮은 점이 많았다. 둘은 각기 다른 집이라는 세상에서 생존했다. 둘은 서로에

게 서로가 전혀 이해하지 못할 이야기들을 늘어놓았
다. 그렇게라도 해야만 살 수 있었다.

하루는 은아가 채연에게 말했다.

"우리 영어학원 옥상이 끝내줘. 같이 가자."

그때 둘은 그 영어학원 건물 건너편에 있는 편의
점에서 아이스크림을 먹고 있었다. 후덥지근한 날이
었다. 아이스크림을 손에 하나씩 들고 퍼펙티 건물로
향했다. 은아는 익숙하게 계단을 오르며 경비원이 있
는지 살폈다.

"대충 아무도 없는 거 같아."

그 말을 하며 은아는 채연에게 한 층 더 올라오라
고 손짓했다.

고작 5층 건물 옥상이었지만 천장이 없는 뻥 뚫
린 전경을 보는 건 꽤나 속이 트이는 일이었다. 이 동
네 옥상은 열에 아홉 안전상의 이유로 문을 단단히 잠
가 놓았기에 좀처럼 누릴 기회가 없었다. 정말 오랜만
에 마주한 천장이 구름으로 가득한 곳. 아이스크림이
손가락 위로 녹아 흘렀다.

“여기서 MP3로 노래를 들어. 그럼 기분이 진짜 끝내준다. 그리고 나 여기서 혼자 엄청 많이 울었어.”

은아의 말을 채연은 가만히 듣고만 있었다. 은아도 몇 마디 끝에 아무 말 없이 하늘을 보고 있었다. 아이스크림은 소리 없이 녹고 있었고 손은 끈적였지만 기분은 좋았다.

채연이 입을 열었다.

“우리 인생은 잘못되지 않았어. 그치?”

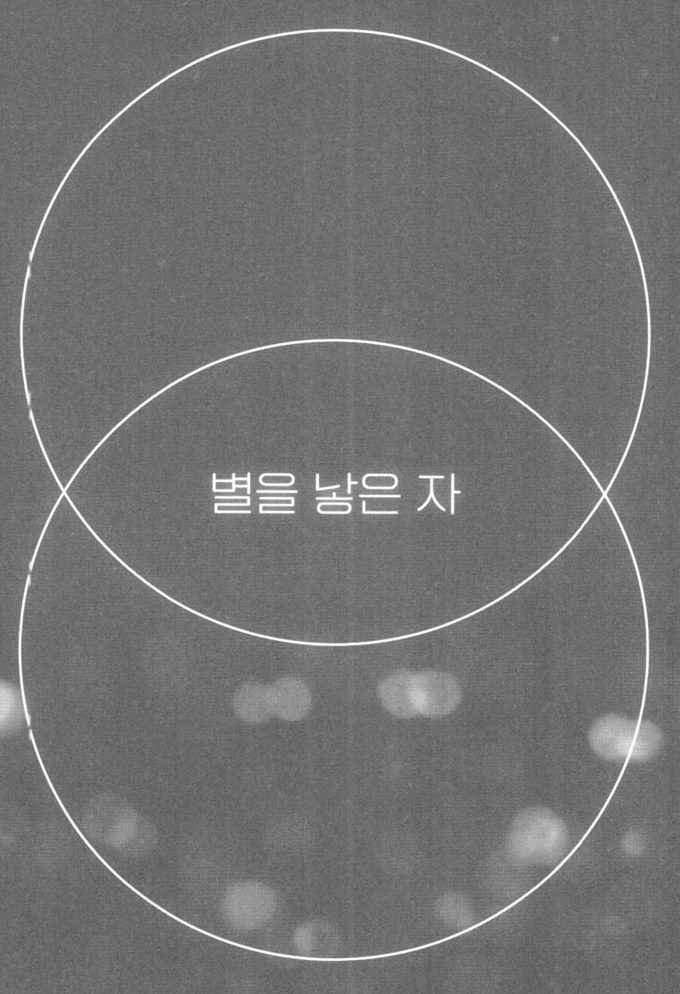
별을 낳은 자

내 인생은 어디서부터 잘못되었나.

최선을 다할 힘이 없었던 것? 나름 열심히는 했지만 어중간한 학력고사 성적으로 원하지 않는 대학에 갔던 것? 재수를 하고 싶었지만 집에서 도와주지 않았던 것? 대학을 졸업하고 어쩌다 대학원에 갔던 것? 그러면서 친했던 친구들로부터 속절없이 멀어진 것? 비슷한 시점에 현우를 만나 급하게 결혼한 것? 그렇게 은영을 갖게 된 것? 현우와 더 일찍 이혼하지 않은 것? 그러다 은아를 방치한 것? 그래서 결국 지금에 이른 것?

혜란은 역순으로 되짚어 보며 생각했다. 그냥 다 잘못됐네, 뭐든. 한참. 다 잘못됐어. 실패한 삶, 애초에 나에게 최선을 다할 힘이 필요했던 순간이 있었나. 곰 곰이 생각해 보면 그건 지금이었다. 은아의 입시를 성 공적으로 완수하는 것. 그것이 무너진 내 삶을 재건 하는 방식이라면. 그것이 내 삶의 목적이자 이유라면. 그것이 결국 내 생의 가장 큰 임무라면. 나는 기꺼이 그 일에 최선을 다할 것이다. 나는 기어코 그 일을 성 공시켜야만 한다.

불안은 어릴 적부터 늘 함께였다. 오히려 불안하 지 않은 삶이 더 불안할 정도로. 그 덕에 끊임없이 무 언가를 해 왔다. 그렇게 쌓아 온 인생이 남들 눈에 실 패라고 여겨질 법한 삶이라면 삶은 살아봄직하지 않 은 것. 나는 내 삶을 망친 그림으로 놔둘 수 없다. 캔버 스를 부숴서라도 하나의 예술로 완성시켜야만 했다.

중학생이었던 은영을 캐나다로 유학 보낸 건 한

국에서의 교육과정, 그러니까 한국의 입시 방식이 은영에게 맞지 않다고 생각했기 때문이다. 다시 말하자면 은영을 한국에 있는 명문대에 보내기 어려울 것 같아서라고 말할 수도 있다. 혜란의 눈에 비친 초등학생 은영은 평범한 학생이었다. 자신의 딸이 비범하길 바랐던 은영의 희망이 꺾일 때쯤 은아가 태어났고, 그 무렵 혜란은 은영을 위한 유학원을 미친 듯이 물색했다. 온갖 유학 설명회를 다니며 두꺼운 파일에 꽉 찰 만큼의 관련 자료와 돈을 모았다. 그렇게 결정된 은영의 6개월간의 캐나다 유학이었다.

캐나다에서 6개월을 보내고 돌아온 열네 살 은영의 얼굴은 제법 밝아져 있었다. 그간 자신의 품에선 본 적 없는 밝은 얼굴을 한 은영이 캐나다에 더 있고 싶다고 말했다. 그때까진 현우도 자신의 아버지네 타이어 회사를 다녔던지라 넉넉하진 않더라도 적당히 유학 비용을 지원할 수 있었다. 그렇게 6년가량의 캐나다 유학 이후 혜란은 은영을 호주에 위치한 한 대학에 입학시키는 데에 성공했다. 그건 혜란에게 성공이었다. 학과에 대한 고민은 크게 하지 않았다. 별 볼 일 없는 학과라도 대학 간판이 중요한 법, 은영은 호주 멜버른에 위치한 대학의 호텔 경영학과에 진학했다. 은영도 제법 만족하는 듯 보였기에 혜란은 더없는 성취감에 휩싸였다.

현우와의 관계가 틀어지기 시작한 건 은영을 유학 보낸 지 2년 차 되던 때였다. 아버지와의 불화로 현우는 다니고 있던 타이어 회사에서 한 푼도 받지 못한 채 쫓겨났다. 혜란은 전업주부였기에 집안의 수입원이 끊겨 버렸다. 들어오는 돈은 없었고 모아 둔 돈은 빠르게 소진됐다. 은영은 캐나다에 있고 은아는 초등학교 입학을 앞두고 있었다. 매일같이 현우와 싸웠다. 소리를 지르는 날이 허다했고 어느 날은 서로 팔과 어깨를 잡고 흔들며 다투었으며 다른 날에는 물건을 던졌고 또 다른 날에는 둘 다 엉엉 울었다.

“어머니가 너무 불쌍해.”

“너는 니 엄마가 불쌍하냐? 나는 내 새끼가 더 불쌍해. 내 새끼가 제일 불쌍해.”

　자신의 어머니를 동정하는 현우에게 혜란은 이렇게 소리쳤다. 내 새끼가 더 불쌍하다고. 내 새끼가 제일 불쌍하다고. 니 엄마가 뭐가 불쌍하냐고, 너는 우리 자식 안 불쌍하냐고. 네가 인간이냐고, 네가 어떻게 그러냐고.

은아는 반짝반짝 빛나는 아이였다. 어렸을 적부터 공부에 두각을 나타냈으며 창의성, 사교성, 자기 주도성 어느 하나 빠지는 것이 없었다. 무엇이든 잘하고 싶어 했고 잘했다. 초등학교에 들어가자마자 치른 수학 올림피아드에서 은아는 여학생 부문 1등을 했다. 그에 이어 2학년 때엔 전 과목 만점을 받았다. 학급 임원은 여태껏 단 한 번도 놓치지 않았고 학교에서 진행하는 대회란 대회는 모두 수상했다. 빳빳한 종이에 금테를

두른 상장을 들고 웃으며 달려오는 우리 은아가 얼마나 예뻤던지.

　예쁜 은아 덕에 혜란도 자주 으쓱했다. 학부모들 모임에선 은아를 향한 칭찬과 부러움이 돌았고, 학원 정보나 공부법을 조심스레 물어 오는 엄마들도 있었다. 혜란은 옅은 미소를 띠며 학원은 많이 안 다니게 했다고, 은아는 워낙에 알아서 열심히 하는 아이라고 은근슬쩍 자랑했다. 시키지 않아도 먼저 책상에 앉는다고, 그만 공부하고 자라고 해도 자기가 하겠다고 한다고, 하던 건 다 끝내야 직성이 풀려 그제야 잠자리에 드는 아이라고. 그런 은아에 대한 이야기는 아무리 해도 질리지 않았다. 행복하고 기뻤다. 혜란의 삶의 가치는 반짝이는 은아의 가시적 성취로부터 비롯되었다. 그렇기 때문에 행복했고 그렇기 때문에 불행해지는 것이었다.

　중학교 3학년 겨울쯤 늦은 사춘기가 온 것 같았다. 그 근거는 떨어지는 성적이다. 은아 같은 아이가 공부를 안 할 리가 없는데 무슨 일인지 은아의 성적은 계속해서 곤두박질쳤다. 더군다나 그것도 가장 중요한 시점, 그러니까 하필 대입 준비를 시작하는 시기에 사춘기가 오다니. 나는 사춘기 같은 건 느낄새도 없이 자랐는데, 무슨 여유가 있다고 지금 이 시기에 이러는 걸까, 혜란은 생각했다.

"사춘기 그거 다 여유로워서 오는 거야. 자기 앞길 생각하고 공부하느라 바쁘면 사춘기 그런 거 올 틈도 없어."

혜란은 자주 이렇게 말했다. 그렇게 믿기 때문에 그렇게 말한 것이었다. 자신이 그랬기 때문에 그렇게 믿는 것이었다. 은아가 엇나가선 안 됐다. 더군다나 지금 이 시점엔 절대로, 절대로. 지금까지 잘해 왔잖아, 조금만 더 하면 되는 거였다. 지금 정신을 놓아선 안 되는데. 그 바람과는 다르게 은아의 성적은 날이 갈수록 곤두박질쳤다. 고등학교에 입학해 치른 첫 시험에서 70점대를 받아 왔을 때 혜란은 가슴이 무너져 내리는 것 같았다. 우리 은아가 왜 그런 점수를 받아 왔지? 우리 은아는 공부를 안 할 애가 아닌데, 우리 은아는.

그맘때 퍼펙티 영어학원의 현준 선생에게서 여러 차례 상담 전화가 왔다. 주내용은 이랬다. 요즘 은아의 단어 테스트 결과, 그리고 숙제 완성도, 내신 성적이 계속해서 미흡하다고. 은아를 잘 격려해 본래의 페이스를 되찾게 도와주라고. 혜란에게 격려는 안중에도 없었다. 애가 이 중요한 시기에 미쳤구나, 싶었다. 열시 반에 집에 온 은아를 앉히고 말했다.

"현준 쌤 전화 왔었어."

"알아."

태연하게 답하는 은아를 보며 혜란은 어이가 없었다. 네가 뭘 안다는 건데, 네가 지금 이 상황이 얼마나 끔찍하게 돌아가고 있는지를 알기나 해?

"요즘 왜 공부 안 하는 건데."

혜란의 물음에 은아는 답이 없었다. 고개를 푹 숙이고 아무 말도 하지 않는 은아를 보고 있자니 짜증이 치밀었다.

"야 이 미친년아, 정신 나갔어? 지금 때가 어느 땐

데.”

은아는 아무 말도 하지 않았다. 고개를 숙이고 울고 있는 것 같았다. 턱 근처에 눈물이 살짝 보였다.

“뭘 잘했다고 울어. 넌 맨날 울기만 하지. 그런다고 뭐가 달라져?”

은아는 미동도 없었다. 훌쩍거리지도 않았다. 아무 말도 하고 싶지 않아 보였다.

“미친년. 네가 날 어디까지 더 실망시키나 두고 보자.”

은아의 눈물은 도움을 요청하고 있었다.

은아가 초등학교 2학년 때, 담임교사에게서 갑자기 전화가 왔었다. 휴대폰이 울리는 짧은 몇 초의 시간 동안, 은아가 아픈가, 학교에서 나에게도 알려야 하는

큰일이 생긴 건가, 하는 생각이 차례로 머릿속을 스쳤다. 무슨 일 있으세요, 선생님? 전화기 너머 담임교사는 격양된 목소리로 좋은 소식을 전했다. 은아가 이번 중간고사 전 과목 만점을 받았다는 것이다.

하교 시간인 2시 50분이 지나자마자 은아에게서 전화가 왔다. 엄마, 나 이번 중간고사 다 맞았어! 올백 이래! 은아의 목소리를 들으며 혜란은 정말로 기뻤다. 조금 혼내서라도 이번 사회 과목을 완벽히 암기시키길 잘했다 싶었고 조금 더 때려서라도 같은 수학 문제집을 2회 회독시키길 잘했다는 생각이 들었다. 혼내길 잘했고 때리길 잘했다. 그 말은 더 혼내고 더 때려도 되겠다는 말이기도 했다. 그게 맞는 것 같았다. 못하는 아이는 맞아서라도 배워야 하는 시절을 통과한 혜란은 자신의 딸도 못하면 때려서라도 가르쳐야 한다고 굳게 믿었다. 그 믿음은 제법 믿을 만했다. 은아가 올백을 맞아 오지 않았나. 올백으로 증명되는 것이었다.

며칠이 지나 배포된 띠성적표 모든 과목명 아래

100이라는 숫자가 적혀 있었다. 동시에 그 시기는 현우와 미치도록 싸우던 시기였다. 학원비가 부족했다. 현우는 아버지네 타이어 회사에서 맨손으로 쫓겨난 지 2년 차였고 그때까지 어디 가서 내세울 만한 밥벌이를 해내지 못했다. 전업주부인 혜란이 일을 알아보기 시작하던 때였다. 혜란은 유치원 교사였던 경력으로 베이비시터 일에 지원했고 현우는 뒤늦게 공무원 준비를 하러 집 근처 도서관을 다니고 있었다. 혜란은 공무원 준비를 하면서도 가끔씩 친구를 만나 술을 마시는 현우를 몹시 못마땅해했다. 똑똑하고 반짝이는 은아가 계속 학원에 다닐 수 있게 해 주어야 했다. 그게 은아의 어머니로서 자신이 기꺼이 해내야 할 일이라고 생각했다. 혜란은 재수를 하고 싶었지만 경제적 지원이 뒷받침되지 않아 학력고사 점수에 맞추어 대학에 입학하던 순간을 떠올렸다. 은아만큼은 돈 때문에 가로막혀선 안 됐다. 자신은 그랬어도 은아만큼은, 적어도 은아만큼은 안 됐다.

띠성적표를 받아 든 혜란은 입이 세모난 모양이

되도록 환하게 웃었다. 은아가 도착해 성적표를 내밀기 5분 전까지만 해도 현우와 돈 문제로 다투고 있었다. 나도 열심히 하고 있잖아. 니가 뭘 하고 있는데. 우리 은아는, 우리 은아는. 목소리 좀 낮춰. 은아 아직 안 왔잖아. 당신이 꿀리니까 이럴 때만 조용히 해라, 진정해라 이러지. 언성이 높아지기 시작할 무렵 은아가 현관을 열고 들어와 부엌으로 달려왔다. 손에 든 성적표를 혜란에게 건넸다. 혜란은 은아를 껴안을 수밖에 없었다.

"아이고, 잘했다! 우리 딸, 우리 은아."

감탄이 절로 나왔다.

"누굴 닮아서 이렇게 예쁜가? 우리 은아는?"

현우가 이렇게 말하자 은아는 애교 섞인 목소리로 엄마 아빠를 닮아서 그렇다고 했다. 현우가 은아더러 뭐 먹고 싶은 건 없냐고 물었고 은아는 그저 웃기만 했다. 대견한 우리 은아. 혜란은 활짝 웃고 있었다. 현우를 보며 웃는 것인지 은아를 보며 웃는 것인지 아님 그냥 집 안의 밝은 공기를 보며 웃는 것인지는 알

수 없지만 혜란의 입꼬리가 잔뜩 올라가 있었던 건 분명했다.

"저녁에 고기 먹을까?"

은아는 좋다고 말하며 웃었다. 큰 눈과 세모난 입이 혜란 자신과 닮아 있었다.

고등학교 1학년 2학기 내신 시험 기간이었다. 시험 첫째 날이 끝나고 은아에게 들은 가채점 결과는 도무지 수시로 대학 지원을 할 수 없는 성적이었다. 어떻게 해서든 2, 3학년 점수를 끌어올려 이른바 내신 등급 상향 곡선을 그려야지만 학종•으로 수시를 지원할 수 있을까 말까 한 상황이었다. 내일 시험이 두 과목

●　입시 전형 중 하나인 '학생부 종합 전형'의 줄임말.

있는데 은아는 오후 11시가 되도록 집에 들어오질 않는다. 전화를 걸어 보니 통화 중이라는 기계음만 계속 들려왔다. 내일이 시험인데, 지금 정리본을 보고 또 봐도 모자랄 시간에 애는 어디서 나돌고 있는 걸까. 11시 20분이 되어 가자 혹여나 어디 납치되어 잡혀 있는 건 아닐까 하는 생각까지 들기 시작했다. 전화를 몇십 통 걸었으나 받질 않았다. 불안은 예감이 되었다가 예감은 확신이 되었다가 종국엔 화만 남았다. 11시 반이 되어서야 은아는 집으로 돌아왔다. 혜란의 눈은 시뻘겋게 충혈되어 있었다. 은아를 향한 분노와 동시에 걱정의 끝에 당도한 안도감에 따르는 눈물이기도 했다. 하지만 화의 비중이 좀 더 컸다. 뭐하다 이제 들어오냐는 혜란의 질문에 은아는 친구와 전화를 하다 보니 이야기가 길어져 이 시간이 되었다고 말했다.

"미쳤구나, 미쳤어. 내일도 시험인데. 누구랑 통화한 건데? 이름 대 봐."

은아는 친구의 이름을 대지 않고 얼버무리려고 애를 썼다. 하지만 혜란은 꼬치꼬치 캐물었다. 그녀

누구냐고, 시험공부도 안 하는 새끼냐고, 대가리에 든 게 없냐고.

은아의 입에서 임채연이라는 이름이 나오자마자 혜란은 말했다.

"그년이랑 할 얘기가 뭐가 그렇게 많은데. 뭐, 걔가 임신이라도 했어? 애라도 가졌니? 걔는 이과면서 공부도 제대로 안 하는 게, 뭐가 되겠다고. 그럴 거면 그냥 둘이 같이 죽지 그래."

혜란도 홧김에 나온 말이었다. 하지만 시험 전날 이렇게 늦은 시각까지 통화라니, 혜란의 머리로는 도무지 이해가 가질 않았다. 은아가 시험을 포기했거나 아님 인생을 포기했거나 둘 중 하나라고 생각했다. 그러니까 혜란은 은아의 행동을 공부할 마음이 없다고 해석한 것이다. 그리고 은아를 그렇게 만든 데에는 채연의 역할이 크다고 생각했다. 혜란은 은아의 성적 하락을 탓할 대상이 필요했다. 그 대상이 자신일 리는 없고, 우리 은아일 리도 없으니 은아와 가장 가깝게 지내는 임채연을 탓하는 게 가장 편했다. 그렇게 생각하는 게 가장 간단했기에 모든 탓을 임채연에게 돌렸다. 친구를 잘못 만났다고, 넌 사람 보는 안목이 없다고, 임채연이랑 친해지고서부터 성적이 떨어지지 않았냐며 연이어 소리를 지르는 혜란에게 은아는 아무 말도 하지 않았다. 아무 말도 하지 않는 은아를 보면 속이 답답해서 터져 버릴 것만 같았다. 늘 은아는 그런 식이었다. 아무 말도 하질 않고 울기만 했다. 뭐라고 말이라도 하면 그 마음을 헤아려 볼 텐데 은아는 늘 말이 없었다. 요즘 들어 좀처럼 세모나게 웃지도 않고 고개를 숙인 채 눈물만 뚝뚝 흘렸다. 대화를 하려고 해도 매번 대화가 안된다고 느꼈다. 은아도 은영을 닮아 가는 건가 생각했다.

은영은 어릴 적부터 말이 없고 책 읽는 걸 좋아하는 아이였다. 그 때문인지 현우의 유전자 때문인지, 혹은 두 요인이 합쳐져서인지는 모르겠으나 은영의 시력은 어려서부터 좋지 않았다. 네 살 무렵부터 얼굴에 안경을 걸치고 책을 읽었다. 혜란은 그런 은영에게 최선을 다했다. 못하는 건 때려서라도 가르쳤고 실수한 건 반복하지 않을 때까지 혼냈다. 은영을 위한 것, 혜란은 한 치의 후회도 없었다. 자신이 그렇게라도 했기 때문에 여기까지 올 수 있는 것, 은영도 은아도.

늘 생각했다. 은아가 없는 삶이었다면 어땠을까. 일찍이 은영을 유학 보내고 현우와 갈라서서 조금 더 자유롭게 살았을까. 아냐, 지금보다 더 불행하게 살았을 수도 있어. 혜란에게 은아는 그야말로 별 같은 존재였다. 앞으로의 자신의 행방은 은아라는 별에 달려 있었고 그 별을 따라가는 발걸음엔 망설임이 없었다. 혜란은 현우나 은영과의 갈등을 은아에게 터놓고 이야기했다. 어린 은아는 어떤 상황인지 정확하게 이해하지 못해도 혜란의 입맛에 맞게 맞장구를 칠 줄 알았다. 친척들이 모이는 자리에서 혜란은 은아를 자주 '친구 같은 딸'이라고 소개했고 친척들은 부러워했다. 그래서인지 혜란은 은아에게 자주 농담조로 이렇게 말했다.

"난 너 없었으면 진작에 죽었어."

여느 날과 다름없이 내뱉은 말이었다. 현우와의 말싸움 끝에, 평소보단 조금 더 진심이 섞였지만 여느 날과 다를 바 없는 혜란의 말에 은아는 여느 날과는 다르게 답했다.

"엄마, 난 엄마 때문에 죽고 싶었어."

듣는 순간 심장이 내려앉는 것 같았다. 곧이어 잘못 들었다고 생각했다. 그럴 리가 없으니까. 우리 은아가 죽고 싶을 리 없고. 그래, 모든 걸 포기해 버리고 싶을 때가 있지, 모든 사람이 그렇듯. 그럴 때 죽음을 상상해 볼 수 있는 거니까, 다른 사람들도 다들 그렇게 사니까. 근데 그 이유가 나 때문일 리가 없잖아. 내가 은아를 힘들게 했다고, 은아가 사라지고 싶다고 생각할 만큼? 은아가 죽고 싶다고 말할 만큼? 아니야, 그럴 리가 없었다. 은아가 죽고 싶을 리가 없고 설상가상으로 죽고 싶다 해도 그게 자신 때문일 리는 더더욱 없다고 생각했다. 믿었다. 그 생각들은 예측이나 상상 같은 게 아니었다. 혜란 자신의 바람이자 기도였다.

"난 엄마 때문에 죽고 싶었어."

이 말을 은아의 입에서 듣게 될 거라곤 상상조차 한 적이 없었다. 애초에 <보기>에 없는 레퍼토리였다. 나 때문에 내 새끼가 죽고 싶다니, 이건 분명 그냥 나를 겁주기 위해 한 말일 거야, 은아의 본심은 아닐 거야. 혜란은 거듭 생각했다. 하지만 좀처럼 보지 못했던 그 단호한 어조와 초점 없는 눈빛이 자꾸만 머릿속에서 반복해서 재생되었다.

난 엄마 때문에 죽고 싶었어.
난 엄마 때문에 죽고 싶었어.

난 엄마 때문에 죽고 싶었어.

혜란에게 익숙한 불안이 고개를 드는 건 바로 그런 순간들이었다. 자신이 믿고 싶지 않은 것을 믿어야 할 때. 믿을 수 없는 것을 믿으라고 할 때. 혜란에겐 그럴 만한 힘이 없었다. 혜란에겐 그럴 만한 용기가 없었다. 여유도 시간도 힘도 용기도 그 무엇도 없었던 혜란은, 믿을 수 없는 사실은 믿지 않는 쪽을 택했다. 믿지 않으면 아파하지 않아도 되었다. 은아는 나 때문에 죽고 싶은 게 아냐, 오히려 채연 아니면 현우 아니면… 그렇게 탓할 상대를 계속해서 바꾸어 가는 것이 혜란의 생존법이었다. 그렇게라도 하지 않으면 무너져 내릴 게 뻔했다. 내가 내 딸을 사라지고 싶게 만들었다는 것을 인정하는 순간 자신도 사라질 것 같았다. 혜란의 삶의 의미도 없어지는 것 같았다. 그렇다면 이루어 낸 게 없는 인생이 되는 건 순식간이었다. 자신의 인생이 망친 그림으로 내다 버려지는 건 순식간이라는 말이다. 그럴 순 없었으니까. 나는 좋은 어머니

로 남아야 했고 내 딸은 성공한 자식으로 남아야 했
다. 은아의 말은 어디 가서 입에 올릴 수도 없는 말이
었다. 인정하는 순간 지울 수 없는 오점이 되는 것이
었다.

은아가 먹을 무화과를 씻으며 생각했다. 그럴 리
가 없다고.

그래선 절대로 안 된다고 생각하며 혜란은 무화
과를 한 입 베어 물었다.

맹맹하게 단 과육을 씹어 삼켰다. 남은 조각들도
금세 먹어 치웠다.

수레바퀴 아래서

무언가를 먹는 행위가 죄악 같다. 엄마는 자주 이런 말을 했다. 내가 너에게 투자한 걸 뽑아내라고. 지나가는 말이었지만 내 가슴에 유독 깊게 박혔다. 투자 대비 적자인 삶을 살까 봐 겁이 났다. 오늘 엄마가 싸준 도시락도 그랬다. 난 독서실에 와서 몇 시간째 제대로 해낸 게 없는데, 내가 과연 저걸 먹어도 될까. 무서웠다. 불안했다. 도시락을 먹지 않고 끼니를 걸렀다. 믹스커피 하나로 식사를 대신했다. 그러자 불안감이 사라졌다. 안심이 됐다. 나 자신에게 합당한 벌을 준 기분이었다. 배가 약간 고픈 듯했지만 그렇다고 무언가를 먹고 싶지는 않았다. 속이 비어서 느껴지는 허함, 그리고 약간의 배고픔. 이것이 내 우울에 대한 대가로 합당하다면 그렇게 하는 편이 나았다.

왜 눈을 뜨고 있어야 할까.

딱히 눈을 뜨고 있어야 할 이유가 없었다.

수능이 코앞으로 다가왔다. 화가 난다. 어제 관현악부 후배들이 찾아와 선물과 편지를 주었다. 편지를 열어 보니 '은아 언니 올 1등급 완전 가능!' 따위의 문구들이 다양한 필체로 적혀 있었다. 이 말에 우울해하는 내가 너무 비참했다. 두통이 없었던 때가 언제였는지 기억이 안 난다. 어쩐지 잘못 살고 있는 것 같아 무섭다. 미래의 나는 오늘의 나를 원망할까. 과거로 돌아가고 싶어 할까. 살아 낸 시간들을 아까워할까.

11월 2일

어제 친구와 이야기하면서 "근데 그건 대학에 가면 해결될 문제 아냐?"라는 말을 듣고 너무 놀랐다.

난 절대 그렇게 생각하지 않는다.

이 아픔이, 불안함이, 두려움이 몇 년간, 아니 평생 나를 뒤따라올 것이다.

고민이 무색하게 시간은 속절없이 흐르고 있었다. 특별한 일이 없었다. 무슨 일 있냐고 묻는 담임교사의 말에 아무 일도 없다고 답했다. 아무 일도 없기 때문이다. 굳이 따지자면 아무 일도 없는 게 일이었다. 오전 6시에 일어났고 한 시간가량 국어 미니 모의고사를 풀었다. 샤워를 하고 늦지 않게 집을 나섰다. 독서실에 갔다. 이어폰을 귀에 꽂은 채 아무 노래도 틀지 않고 가만히 있었다. 아무 소리도 들리지 않았다. 아무도 소리 지르지 않았다. 아무도 울지 않았다. 아무 일도 일어나지 않는 것처럼 보였다.

은아에게 '아무 일 없어 보이는 것'은 굉장히 손쉬운 일이었다. 늘 하듯 입꼬리를 빵긋 올리고 눈을 살짝 접어 미소 짓기만 하면 사람들은 어쩜 재는 걱정 하나 없냐고 할 것이다. 다행인 건, 독서실엔 웃어 보여야 할 사람이 없었다. 독서실 책상과 형광등, 문제집과 필통, 의자와 슬리퍼 모두 표정이 없었다. 어쩐지 표정을 지우는 것이 허락되는 공간 같았다. 독서실 문을 열면 늘 비슷한 냄새가 났다. 막 프린트된 따뜻한 종이에서 나는 냄새, 약간 퀴퀴한 먼지 냄새와 믹스커피 냄새. 옆방에 들어가는 사람이 슬리퍼를 끄는 소리, 부스럭대다가 툭 책을 책상에 놓는 소리, 문을 여닫는 소리. 아무 표정도 없이 그런 냄새와 그런 소리들만 있었다.

오늘의 계획은 어제 이미 세워져 있었다. 국어 비문학 두 지문 분석, 수학 모의고사 한 회차 풀이 후 오답 정리, 영어 독해 연습 수능 특강 지문 회독, 사회탐구 미니 모의고사 두 회차 풀이 후 오답 정리. 빼곡하게 적힌 플래너엔 귀여운 스티커들이 붙어 있었다. 하루치 계획을 완수하면 찍으려고 구매한 도장은 책상 서랍 구석에서 말라가고 있었다. 첫 번째 국어 지문을 읽었다. 자동차의 구조와 제동장치를 설명하는 지문. 두 번째 지문의 첫 문장을 읽었다. 또 읽었다. 다시 읽었다. 세 번 읽었는데 무슨 내용인지 몰라서 밑줄을 긋고, 다른 색 펜을 꺼내 들고 또다시 읽었다. 그래도 문단은 첫 문장으로만 남았고, 눈이 억지로 욱여넣은 활자들을 토해 내는 것만 같았다. 이해해야만 했다. 나 자신은 이해 못하더라도 이 지문은 이해해야 했다. 네다섯 번 읽고 나서야 애매하게 이해가 되는 것 같았다. 제자리에 있는 문장일 텐데 제자리에 없는 것처럼 읽혔다. 아무것도 읽고 싶지 않았다.

수학 모의고사를 풀 때엔 아무 생각이 들지 않았다. 아무 생각도 없길 바랐고 운이 좋게도 다른 생각이 들 틈이 없었다. 아는 문제를 풀 때엔 손이 미세하게 떨렸고, 모르는 문제 앞에선 눈동자가 비슷하게 떨렸다. 도전하지 않으면 실패하지 않는다. 풀지 않으면 틀리지 않는다. 그 뻔한 사실을 은아는 알고 있었다. 영어 과목은 그나마 자신이 있었다. 자신이 있다는 건 내려갈 길만 남았다는 것. 이미 거의 다 외운 지문을 한 번 더 눈으로 훑었다. 대충 이렇게 끝내고 싶어서 책을 덮었다.

점심 도시락을 먹어야겠다고 생각했다. 수능 실전 대비를 위해 요즘 먹는 반찬은 매일 똑같이 정해져 있다. 동그랑땡과 어묵, 늘 보던 반찬들. 특별하지 않아서 되려 특별한 반찬이었다. 이걸 먹어도 되나, 수학 모의고사를 풀 때처럼 미간을 찌푸리고 남은 시간을 계산했다. 그래도 오늘은 몇 입 먹기로 했다.

도시락을 먹는다기보단, 음식물을 입에 넣고 저작 작용을 통해 작게 부순 다음 식도로 넘기는 동작을 하는 것이었다. 맛은 잘 느껴지지 않았다. 기계적으로 밥을 한 숟갈 입에 넣고 반찬을 하나씩 번갈아 가며 입에 넣고 함께 씹는 것. 그러고서 삼키는 것, 그게 식사였다. 그저 우물거리며 음식을 씹다가 시계를 봤다. 스스로 정해 둔 점심시간은 8분 정도 남아 있었다. 정해진 시간 안에 다 먹지 못하면 남기면 된다. 점심시간이 꼭 면죄부 같았다. 은아는 시간 탓을 할 수 있다는 게 어쩐지 마음에 들었다.

밥 먹기 전 푼 문제들을 채점했다. 몇 개는 맞았다. 맞았다는 것보단 동그라미 친 문제들은 오답 풀이를 하지 않아도 된다는 게 좋았다. 맞은 문제들은 의심하지 않아도 되니까, 그리고 은아의 하루 중 의심하지 않아도 될 만한 것들은 몇 개 없으니까. 배가 살짝 부르니 조금 졸렸고 졸리자 우울해졌다. 먹은 거에 비해 해낸 게 없다는 셈이 나왔다.

사회탐구 미니 모의고사는 20분 타이머를 맞춰 놓고 풀었다. 막판에 시간이 촉박해 도표 문제를 급하게 계산하다가 실수를 했다는 걸 알았다. 역시 도전하면 실수할 기회가 생긴다. 도전하지 않으면 실수할 기회를 박탈당한다. 그렇다면 도전하지 않는 편이 나은데, 도전을 강요받고 있었고 은아는 너무 큰 실수의 가능성에 자신을 내던져야만 했다. 너무 오래 그렇게 살았다. 오늘도 어김없이 그렇게 살았다. 지금은 아무 일도 일어나지 않았다. 독서실엔 창문이 없었다. 잠깐 바람을 쐬러 나오니 밖이 어두워져 있었다. 그런 건 중요한 게 아니었다. 밝고 어두운 건 시험에 나오지 않으니. 하지만 동시에 그건 중요한 것이었다. 오늘이 사라졌다는 의미니까, 수능 날에 하루 더 가까워졌고 난 하나도 제대로 하지 못한 채 하루를 낭비했다는 거니까. 다시 들어가 샤프를 오른손에 잡고는 빙빙 돌렸다. 돌리며 오늘 날짜가 적힌 스터디 플래너에 크게 엑스 자를 쳤다. 펜 끝이 종이를 두 번 긁는 소리. 엑스는 늘 은아 쪽으로 기울었다. 짐을 챙겨 집을 향했다. 반쯤 먹은 도시락은 처음보다 조금 가벼워졌을 것이다. 하지만 도시락을 든 왼손은 더 버겁기만 했다.

집에 들어서자 혜란은 말했다.

“왔어?”

화를 내진 않았다. 목소리를 높이지도, 물건을 내
던지지도, 은아의 이름을 날카롭게 부르지도 않았다.
은아는 생각했다. 오늘은 괜찮게 마무리될 수도 있는
날이겠다고. 집 안의 공기가 평소보다 약간 더 느슨한
것 같았다. 은아는 잠깐 혜란을 보았다. 혜란은 보통
사람처럼 침대에 비스듬히 앉아 휴대폰을 보고 있었
다.

혜란이 물었다.

“내일은 일찍 끝나나?”

“아마.”

은아가 답했다.

아무 일도 없었다. 아무 일도 없어서 무슨 일이
있는 날이었다.

11월 4일

왜 이렇게 살고 있지 왜왜왜왜,

그냥 많이 생각했다.

죽어 죽어 죽어,

라고 나 자신에게 끊임없이 말했다.

내가 원래 없었던 것처럼 사라지길 바랐다.

어차피 한 번 사는 것이고 누구나 죽는 거 아닌가.

이렇게 힘들 거면 죽는 게 낫지.

날 소중히 아껴 주는 사람들한테는 너무 미안하니까 그냥

애초부터 내가 존재하지 않았으면 좋겠다.

학창 시절에 배우는 가장 중요한 것은 단연코 실패였
다. 실패하고 실패하고 또 실패하는 것. 넘어져서 일
어나면 다시 넘어지고 다시 일어나면 또다시 넘어지

는 것. 그러다가 영영 일어나지 못하는 것. 나는 더 이상 앞으로 저들처럼 달릴 수 없구나, 나는 걷지도 나아가지도 못하는구나, 나는 영영 여기 이렇게 넘어져 있어야 하는구나, 나는 딱 여기까지인 사람이구나, 하고 아는 것. 그게 은아가 아는 실패였고 은아가 학창 시절에 배운 것이었다.

어느 누구든 인생에서 실패를 경험한다고 은아는 생각했다. 시기상의 차이가 있을 뿐 누구나 실패를 경험하고, 그 실패의 과정 속에서 자책과 자괴가 따라붙고, 그러다 보면 자신을 한계 짓게 되는 게 당연한 수순이라는 것. 그 실패의 경험을 언제 하냐에 따라 자아가 비대해 보일 수도 있고 반대로 한없이 초라해 보일 수도 있다는 것. 그 정도를 은아는 학창 시절에 배웠다. 사회탐구 시간에 '학습된 무기력'이라는 개념을 배우며 생각했다. 이거 완전 내 이야기잖아, 하고.

학습된 무기력Learned Helplessness
: 피할 수 없거나 극복할 수 없는 환경에 반복적

으로 노출된 경험으로 학습되어, 실제로 자신의 능력으로 피할 수 있거나 극복할 수 있으면서도 그런 상황에서 회피하거나 극복하려고 하지 않고 자포자기하는 현상.

어린 시절 어미와 분리되어 쇠사슬로 발목이 묶인 채 자란 아기 코끼리는 쇠사슬을 끊어 낼 수 있을 만큼 자라도 시도조차 하지 않는다고 한다. 실패하고 실패하고 또 실패한 코끼리는 도전 자체를 하지 않게 되는 것이다. 극복할 수 있음에도, 성공할 수 있음에도 시도조차 하지 않는 것. 은아는 자신도 마찬가지라고 느꼈다. 더 이상 실패 따윈 경험하고 싶지 않았다. 어차피 실패할 거 차라리 애초에 도전을 하지 않는 편이 나았다. 실패라면 지긋지긋했다. 여섯 면에 모두 실패라고 적힌 주사위를 계속해서 굴릴 바엔 주사위를 내 손으로 뭉개 버리고 싶었다. 머리가 아팠다.

11월 5일

가시가 안쪽으로 자라는 선인장이 있다면 이럴까.

파고드는 가시가 내 탓이 아니라는 거 안다.

아니, 내 탓인가.

참이든 거짓이든 아픈 건 매한가지다.

수능 냄새가 나는 11월이다. 붉게 변한 이파리가 나무에서 떨어졌다. 낙엽을 치우는 환경미화원이 슬슬 보이지 않았다. 1년 단위 커리큘럼의 대형 강의들이 종강을 하기 시작했다. 수능 시험장에 가지고 갈 파이널 정리본과 강사의 사진 스티커가 붙은 초콜릿 따위를 나눠 줬다. 학원에서 나가는 수험생들을 향해 조교들은 의례적인 미소를 띠며 손을 흔들었다. 몇몇 학생들은 특정 조교에게 감사 인사를 적은 쪽지를 건네기도 했다. 은아는 그저 학원 바닥만 바라보며 응원과 감사와 긴장이 섞인 복도를 지났다. 계단을 툭툭 내려가 밖으로 나왔다. 오후 10시 4분이었고 학원가는 아주 고요히 북적였다. 조금 걸어 퍼펙티 영어학원 건물로 향했다.

슬쩍 본 퍼펙티는 불이 켜져 있었다. 누군가 아직 남아 있었다. 현준이 아직 학원에 있다면 감사하다는 인사를 전할까 아주 잠깐 고민했지만 관두기로 했다. 은아는 천천히 계단을 올라 옥상으로 향했다.

'원생의 옥상 출입을 금합니다.'

이제 종강했으니 원생도 아니지 않은가. 그간 경비원의 눈치를 살피며 옥상에서 몰래 보낸 시간이 우스워졌다. 이렇게 원생 타이틀은 쉽게 뱉어 낼 수 있는 거였네. 컴컴한 탓에 초록색 바닥이 하늘과 비슷한 남색으로 보였다. 몇 보를 달렸다. 지나치게 밝은 가로등 아래로 학생들이 바글바글했고 붉은 띠를 이루고 있는 꽉 막힌 차도도 보였다. 오후 10시 22분. 고개를 들어 본 하늘에 별은 없었다. 희뿌연 구름 사이에 끼어 있는 달 언저리만 보이고 별은 정말이지 한 톨도 보이지 않았다. 옥상에서 내려가 집으로 가는 버스를 기다리던 중 프리미엄 독학관 앞에 있던 채연을 만났다. 채연은 오답 노트를 시간 내에 다 작성하지 못해 10시보다 더 늦게 하원하는 길이었다. 10시 반이 다 되어 가는데도 학생들을 픽업하려는 자동차들이 길가로 쭉 늘어서 있었다. 교통경찰의 호루라기 소리가 들리고 경적이 그보다 더 자주 들렸다. 횡단보도마다 걸린 현수막에는 이름 모를 국회의원의 얼굴 옆으로 '수험생 여러분의 꿈을 응원합니다' 따위의 문구가 적혀 있었다.

"저기 저만하게 얼굴이 붙어 있으면 좀 부끄럽지 않을까? 심지어 자세도 다 똑같아."

"나도 좋은 대학 가면 저기 저렇게 얼굴 붙어 주나?"

채연의 말을 들으며 은아는 고개를 들어 건너편에 위치한 대형 학원 건물을 바라봤다. 건물 벽면에는 기다란 포스터에 '수능 1등급을 위한 마지막 선택, 파이널 모의고사'라는 글자가 있었고 그 옆으론 조금 전 강의실에서 본 강사의 얼굴이 프린트되어 있었다. 오늘 종강한 강의의 홍보 포스터였다.

금세 추워진 날씨에 손가락이 시려 주먹을 쥐었다. 손끝이 차가워지고 시선이 굳는 것. 죽는다는 건 몸이 차가워지는 것이다. 차가워지는 건 겨울과 비슷하다. 겨울은 죽음과 비슷하다. 날씨조차 은아를 죽음으로 떠미는 것 같았다. 떠밀리는 것에 저항할 생각은 없었다. 오히려 고마울 지경이었다.

내 잘못은 하나도 없다고 했다. 이 모든 게 은아의 잘못이 아니라면 은아는 왜 그렇게 힘들어야 하는가. 은아는 왜 항상 죽고 싶어 해야 했는가. 은아는 왜 지금껏 그 많은 것들을 놓치며 살아야 했는가. 은아는 왜?

나는 왜?

나는?

왜?

나는 언제쯤 아무 걱정 없이 살 수 있는 걸까.

난 지금 이 집에서 계속 살 수 있을까.

밥을 먹을 수 있을까.

잠은 잘 수 있을까.

아니,

살 수 있을까?

내가 무너지는 건 예정되어 있다. 난 그냥 시한폭탄 위의 시간이 줄어드는 것을 아무것도 하지 못하고 보고만 있을 뿐이다.

며칠 전 혜란과 나눈 대화를 이어서 생각한다.

"난 너 없었으면 진작에 죽었어."

"엄마."

"응?"

"난 엄마 때문에 죽고 싶었어."

이렇게까지 말할 생각은 없었는데. 혜란의 안위를 위해서가 아니라 은아 자신의 안위를 위해서. 한

번도 소리 내어 읊은 적 없는 문장이었다. 함부로 일기장에 적지도 않은 문장이었다. 적으면, 혹은 소리 내어 읊어 버리기라도 하면 정말, 정말로 진실이 되어 버릴까 봐. 그럴까 봐 무서웠다. 두려웠고. 은아는 그렇게 떠밀렸다.

혜란은 좋은 어머니라기엔 폭력적이었다. 다시 말해 애매한 어머니였다. 좋다고 말하기엔 별로였고 또 막상 별로라고 하기엔 좋았다. 애매한 어머니 혜란은 애매하지 않게 은아를 사랑했다. 하지만 은아는 애매한 어머니 혜란으로부터 애매한 사랑을 받았다. 정말 사랑한다기엔 못되게 굴었고 정말 나쁘다기엔 지독히 위했다. 애매한 혜란은 애매한 돈으로 애매하게 은아를 대했다. 은아의 성적도 애매하긴 마찬가지였다. 애매한 것들 투성이인 은아는 '애매'라는 단어를 혀끝으로 굴려 보았다. 정말이지 애매한 단어였다.

혜란은 매일같이 은아의 점심 도시락을 준비했다. 수능 날을 대비한 실전 연습으로 반찬도 다 정해 놓았다. 은아가 좋아하는 동그랑땡과 달달하게 양념

된 어묵, 멸치볶음과 흰쌀밥. 은아는 수능 시간표에 맞추어 국어와 수학 과목 실전 모의고사를 풀고 혜란이 싸준 도시락을 먹은 뒤 나머지 과목들의 시험지도 풀어낼 것이었다. 그 뒤엔 OMR 카드를 보고 채점을 한 뒤 틀린 문제들을 다시 푸는 시간을 가질 것이다. 모든 시간은 공부로 채워져야 했다. 수능이 얼마 남지 않았다.

오늘 집에 오기 전 퍼펙티 옥상에 잠깐 들렀다가 계단을 한 층씩 내려오며 생각했다. 내가 또 쉬운 길을 버리고 어려운 길로 가는구나. 내가 또 쉬운 방법을 놓치고 굳이 어렵고 험한 방법을 택하는구나. 죽음은 가까이 있는 것 같았다. 또 쉬워 보였다. 아끼는 이들이 보고 싶었다. 보고 싶다고 문자를 보내려다가 말았다.

집에 도착한 은아는 한 자리 수밖에 남지 않은 수능 디데이를 보며 혜란이 내온 무화과를 먹었다. 스터디 플래너 맨 앞 장에 붙여 두었던 영수증들은 플래너를 열 때마다 펄럭였다. 지금의 은아에겐 살아갈 의지도 포기할 의지도 없었다. 그런데 오히려 수능이 끝나면 죽어도 될 것 같았다. 수능이 끝나야 죽어도 될 것 같았다. 그간 자신의 노력이 아무 쓸모 없다는 것을 점수로 확인받으면 아무도 자신의 죽음에 의문을 품지 않을 것 같았다. 분명 의욕이 넘치던 때가 있었는데 언제가 마지막이었는지 기억조차 나지 않았다. 아프지 않게 죽는 방법이 있다면 망설임 없이 행했을까. 벌은 잘못한 사람이 받는 건데, 난 무언가를 잘못해도 단단히 잘못했나 보다. 나를 아는 모든 이에게 미안했다. 자신을 누구보다 사랑했을 혜란에게 미안했고 연락을 자주 하지 못한 아버지 현우에게 미안했다. 고마운 것들을 말하자면 입 아프도록 늘어놓을 수 있는 은영에게 미안했고 함께 아파해 준 채연에게 미안했고 자신의 아픔을 먼저 알아봐 준 첫 어른 현준에게 미안했다. 하지만 자기 자신에게 미안하진 않았다.

　은아는 그저 어른이 되고 싶었다. 은아에게 어른은 간단했다. 살아남은 아이. 그게 어른의 첫걸음이라면, 은아에게 어른은 너무 멀었다. 멋진 어른이 되고 싶었다. 별처럼 빛나는 어른이 되고 싶었다. 현준처럼 나도 누군가의 앞길을 밝혀 주고 싶었다. 죽고 싶어 하는 아이에게 손을 내밀어 주고 싶었다. 살아남고 싶었다.

3학년이 되어서야 사범대를 지망하게 된 것도 그 때문이었다. 은아가 본 멋진 어른은 선생님이었으므로 자신도 그런 선생이 되고 싶었다. 길을 잃으면 길을 알려 주는 대신 빛을 어스름히 밝혀 주고 싶었다. 그 빛으로 누군가는 살고 그 어둠으로 누군가가 죽는다는 걸 너무 알기 때문에, 자신은 밝게 비추고 싶었다. 그게 어둠 속의 빛이라면, 별이 되고 싶었다. 나 여기 있어, 하고 빛나는. 그러니 여길 보고 네 길을 찾으렴, 하고 소리 없이 말하는.

11월 7일

힘들다.

무섭다.

내가 어찌어찌 버텨 나간다 해도 내 삶의 끝자락은 결국 자살일까 봐.

날 소중하게 여겨 주는 사람들을 다 제쳐 두고 나 혼자 편하겠다고 이기적인 선택을 할까 봐.

11월 9일

오늘도 거의 아무것도 못했다. 무기력하고 우울한 것도 정도껏이지. 이제 진짜 지친다, 너무너무.

잘못 살고 있는 것 같아 무섭다.

11월 10일

죽었으면 좋겠다.

지금 보는 게 내가 세상에서 보는 마지막 풍경이었으면 좋겠다.

미안해요.

졸리고 피곤했다. 밤이었고 잠을 자고 싶었다. 밤이니까 잠을 자고 싶었다. 한 삼 년 정도만. 잠을 푹 자고 일어나면 다 괜찮아질 것 같았다. 푹 자고 일어나면 아무 일도 없었던 것처럼 살 수 있을 것 같았다. 한 폭의 꿈처럼. 그러니까 그냥 삼 년만 자면 될 것 같은데, 딱 삼 년만. 더도 덜도 말고 삼 년.

다음 날, 방은 정리되지 않은 채 그대로였다. 얼룩덜룩한 무늬가 넓게 퍼져 있었다. 분홍색 문구용 커터 칼 두어 개가 바닥 가운데에 떨어져 있었고 은아가 평소 좋아하던 빈티지 매트는 구석 한편에 치워져 있었다. 은아의 손목은 셀 수 없이 많은 상처들과 함께 힘없이 늘어져 있었고 그 끝에 위치한 왼손은 피로 범벅이었다. 갈색 피에 젖은 휴지와 물티슈가 정신없이 나뒹굴고 있었고 머리맡에는 빈 약봉지가 수북하게 쌓여 있었다.

혜란은 사색이 된 채 누구를 향한지도 모를 말을 중얼거리며 119를 불렀다.

사이렌 소리.

모든 별은 소리 없이 진다.

어른이 되고 싶었던 은아가 있었다.

별이 되고 싶었던 소녀가 있었다.

별은 반짝이는 게 아니다.

그저 쳐다보는 동안 발밑을 보지 않게 만드는 것.

혜란은 수능을 쳐야 한다고 말했고 의료진은 안 된다고 했다. 혜란은 다시 수능은 쳐야 한다고 말했고 다시 의료진은 안 된다고 말했다. 혜란은 수능만은 쳐야 한다고 한 번 더 말하려다가 삼켰다.

은아의 기억은 모조리 조각나 있었다. 조각난 퍼즐을 이어 붙이는 데에는 제법 오랜 시간이 걸렸다. 드문드문 떠오르는 기억 조각. 약을 먹은 기억은 없으나 약을 먹었다고 말하는 의사가 있었고, 살짝 다쳤을 뿐인데 환자복까지 입히길래 과잉 진료를 한다고 짐작하는 은아가 있었다. 눈을 감았다 뜨니 의자에 혜란이 앉아 있었고 또 눈을 잠깐 감았다 뜨니 혜란 옆에 은영

도 있었다. 응급 의학과에서 상처를 치료하는 동안에
도 잠이 쏟아져서 자꾸 잤다. 그러곤 사회사업팀에서
나왔다며 상담을 권하길래 대충 끄덕였다. 어느 의료
진이 다가와 혜란더러 퇴원을 위한 서류에 사인을 하
라고 하는 모습을 보았고 혜란은 굳은 얼굴로 펜을 들
었다. 은아는 그 모습을 멍하니 바라보기만 했다.

　시간은 아주 빠르게 흘렀고 당연하게도 수능 날
은 다가왔다. 며칠 전에 맞춰 놓은 오전 4시 50분 알
람이 울려서 눈을 떴다. 수능을 보러 가지 않기로 한
터였다. 오전 5시부터 5분 간격으로 설정한 알람을 모
조리 껐다. 수능을 보지 않는 건 상상하지 못한 일이
었다. 상상하지 못한 일이 일어났는데 아무 일도 일어
나지 않았다.

　휴대폰의 방해 금지 모드를 끄니 현준과 채연 그
리고 다른 몇몇 친구들이 보낸 문자 알림이 떴다. 그
중 현준에게서 온 메시지 한 통을 한참 바라봤다.

　'은아, 괜찮아?'

　현준이 무엇을 어디까지 아는지 은아는 모른다.

하지만 확실한 것 하나는 은아가 살길 바라는 사람 중 현준이 있다는 것이다. 채연은 꾸준히 안부를 묻고 있었다. 확인하면 답장 달라고, 그다음 날도 또 그다음 날도 똑같이.

세상이 무너질 줄 알았는데 아무것도 무너지지 않았다. 좋은 대학에 가지 못하면 은아는 혜란이 자신을 죽일 거라고 생각했다. 하지만 은아가 무너지지 않는 이상 하늘도 무너지지 않는 것이었다. 가만히 누워 천장만 봤다. 무너지지 않는 허연 천장에 동이 트며 퍼런빛이 스몄다.

소리 없이 진 별 뒤로 스미는 아침이 있었다. 눈을 감았다. 손목이 쓰라렸다.

푸르렀던 천장은 금세 노란빛이 되었다. 빛이 쏟아지고 있었다. 별빛이 아닌 햇빛이, 시린 외로움 대신 어느 따스함이. 기분이 이상했지만 눈물이 날 정도는 아니었다. 커튼을 열어젖혔다. 아무 일도 일어나지 않았다.

아침이 왔을 뿐이었다.

우리는 대개 별을 '반짝인다'고 표현합니다. 하지만 별은 스스로 빛을 내는 항성이지 반짝이는 천체가 아닙니다. 우리가 별의 반짝임을 볼 수 있는 건 지구 대기의 요동 때문입니다. 직진하는 별빛이 지구 대기의 요동으로 인해 우리 눈에 도달했다가 빗나가기를 반복하는 겁니다. 흔들림 덕분에 우리는 반짝이는 별을 보게 됩니다. 그리고 그 반짝이는 별이 꿈이나 희망, 소망과 소원 같은 것들을 상징한다고 말하고요. 그렇게 눈에 보이다가 보이지 않기를 반복하는 별이 소리 없이 지고 난 다음, 비로소 햇빛을 맞이하는 은아가 있습니다.

누군가는 이 소설의 결말이 비극적이라고 말하겠지만 저는 그렇게 생각하지 않습니다. 이 소설을 쓰는 동안 은아를 죽이지 않기 위해 애썼습니다. 죽음을 쫓는 은아를 어떻게든 삶의 방향에 걸쳐 두고 싶었고 그렇게 이야기를 마무리했습니다. 은아가 살아 있는 것만으로도 이 소설은 해피 엔드라고 말하고 싶습니다. 따스한 햇빛 아래에서 살아 있는 은아에게 펼쳐질 삶은 그 누구도 예측할 수 없으니까요.

이 소설을 쓰는 동안 은아가 저를 삶의 방향으로 꼬드겼습니다. 내 이야기를 완결 지어 달라고, 나를 포기하지 말라고 은아는, 그리고 제 자신은 말하고 있었습니다.

그러니 여러분도 죽지 않고 살아남으시길 바랍니다. 끝까지 생존에 성공해 자신의 이야기를 세상에 외치길 바랍니다. 마치 이 책이 나오게 된 것처럼요.

대치동 아이들

1판 1쇄 발행 2026년 4월 20일 　　　　지은이 소마

펴낸이 김진규
책임편집 복실
디자인 맨드라미
경영지원 정동윤

펴낸곳 (주)시프 | 출판등록 2021년 2월 15일(제2021-000035호)
전화 070-7576-1412
팩스 0303-3448-3388
이메일 seepbooks@naver.com

ISBN 979-11-92421-60-5 (43810)